शीतल जल के छींटे

चरनजीत सिंह कुकरेजा

Made with ♥ on the Notion Press Platform
www.notionpress.com

यह पुस्तक उन सभी महानुभावों को समर्पित है

जिन्होंने कभी इसे पढ़ा है,
या कभी पढ़ेंगे,
या फिर अभी पढ़ रहे हैं ।

क्रम-सूची

क्रम-सूची

क्रम-सूची

क्रम-सूची

श्रद्धांजलि

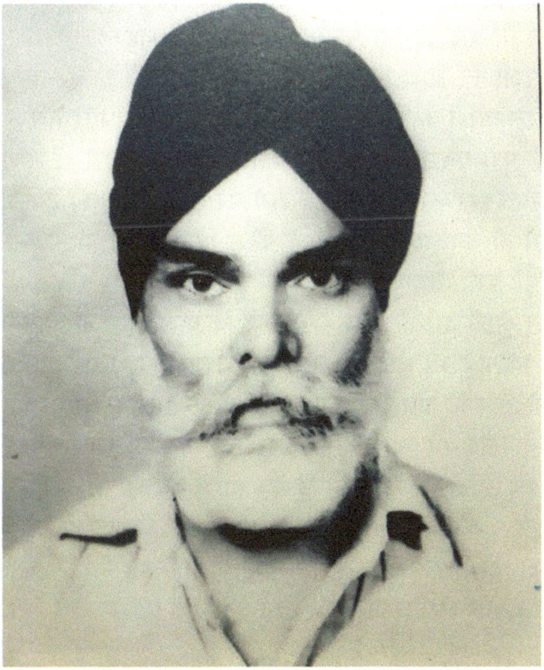

सरदार गुरबचन सिंह कुकरेजा

महसूस होता है जब कभी अकेलापन...,और काटने लगती है तन्हाई,तो बैठ जाता हूँ आरामदेह कुर्सी की पुश्त से पीठ टिका कर...।बंद आँखों में तैरने लगती हैं तब .....अतीत की किश्तियाँ...जो चलती हैं बिना केवट के...। बस.... तभी!!जेब में रखे अस्थाई कागजों पर उकेर देता हूँ मैं...कुछ सुकून देने वाली स्मृतियाँ शब्द दर शब्द...।
ऐसी ही चुनींदा स्मृतियों में से एक दृश्य अक्सर ही साकार उठता है...।जिसमें दिखाई देते हैं मुझे मेरे बीजी,दारजी और बड़ी बहनजी के रूप

में आदर्शवादी किरदार ...।जो अपनी आयु पूर्ण कर इस मिथ्या जगत से तो कब के कूच कर गए ...,पर अपरोक्ष रूप से उनका आशीर्वाद मुझे अक्सर मिलता रहता है...।उनकी स्नेह और प्यार,दुलार से लथ पथ स्मृतियाँ यदा-कदा मानसपटल पर उभर आती हैं..।

पार्टीशन के बाद अपना पुर्जा-पुर्जा खर्च कर गृहस्थी की गाड़ी हाँकने वाले दारजी की आय उस दौर में पर्याप्त तो नही थी,पर वह बच्चों को संस्कारित करने के लिए सदैव कटिबद्ध रहते थे।पारिवारिक दायित्वों का उन्हें पूरा एहसास था।वह अक्सर बीजी से कहते थे भागवान हम नमक रोटी खा कर गुजारा कर लेंगे पर इन बच्चों को दाखिला अच्छे स्कूल में ही करवाएंगे।फिर चाहे फीस कितनी भी हो...। कम पढ़ें-पर अच्छा पढ़ें इसी विचारधारा के थे मेरे दारजी .....।

एक रात बीजी दारजी से कह रही थी कि,कल बहनजी की फीस भरनी है...नई किताबें भी लेनी है...अब बड़ी क्लास में चली गई है वो....।पर आज तो आपकी जेब से फुटकर सिक्कों के अलावा कुछ नही निकला। रोज कुँआ खोद कर प्यास बुझाने वाले दारजी भोजन करते-करते चिंतित हो गए थे। आँखे चुराने वालों में से नही थे दारजी ....।उन्होंने बीजी को बताया आज की कमाई दुकान का किराया देने में खर्च हो गई है।

अगले दो दिनों तक भी उन्हें इतनी आय नही हुई कि जिससे वह फीस और किताबों का प्रबंध कर सकें ...तो वह थोड़ा खिन्न होकर बीजी से पेश आये।

मैं यूँ तो छोटा था पर हालातों ने बुद्धि का विस्तार उम्र के पहले ही कर दिया था।

अगली सुबह मैंने अपनी प्यारी बुगनी(गुल्लक) दारजी के सामने यह कहते हुए फोड़ दी...कि, दारजी इस बार दीवाली पर मुझे नए कपड़े नही चाहिये।उसमें इतनी राशि थी कि,जिससे फीस और किताबों का मसला आसानी से हल हो गया...।उस दिन तीनों ने मिल कर मुझे जो जादू की झप्पी दी उसका एहसास मेरे जहन पर आज भी तरोताजा है।जिसके सामने नरम गुदगुदे बिछोने भी फीके से लगते हैं...।

भूमिका

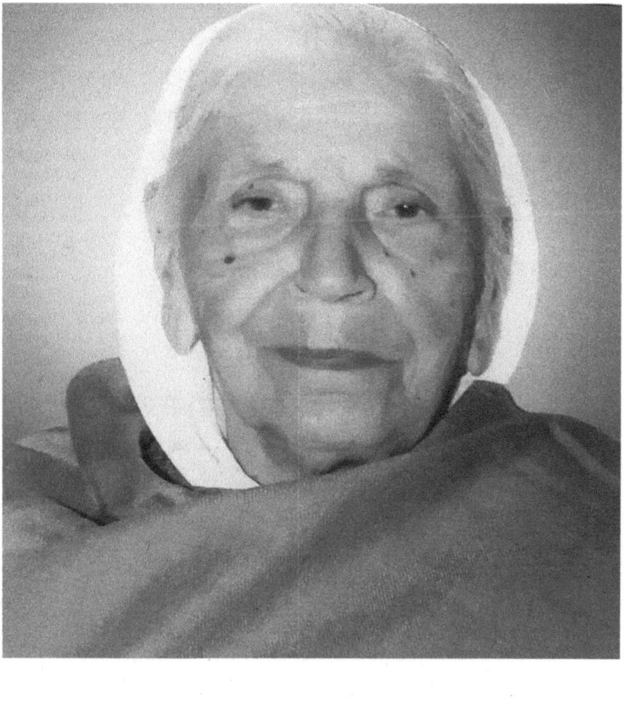

हरबंस कौर कुकरेजा

कहते हैं किसी भी इमारत की सुंदरता और मज़बूती उसकी नींव पर निर्भर करती है। गहरी बुनियादों पर तामीर हुए ऐसी इमारतें सबके लिए आकर्षण का केंद्र बन जाती हैं। एक एक ईंट को व्यवस्थित रखते हुए इमारत के नैंन नक्श सँवार कर उसे भीतर बाहर से खूबसूरत बनाने वाले कुशल कारीगरों को हम अक्सर भुला देते हैं ।

पर अपने आँचल से दुग्ध पान करवाते करवाते अपने स्नेहिल स्पर्श से हमें संस्कारवान बनाने में माँ की भूमिका को नकारा नही जा सकता।

सच में!!! जीवन में आने वाली मुश्किलों से जूझने के बचपन से ही उनके द्वारा सिखाये गए अमूल्य नुस्ख़े आज भी प्रासंगिक लगते हैं।
सोचता हूँ....यदि माँ की परवरिश ने मुझमें आत्मविश्वास, स्वाभिमान, आत्मबल,आत्मसम्मान और सहृदयता के बीज न बोए होते तो यकीनन ही आज मैं एक किताब की शक़्ल में आपके सामने प्रस्तुत न हो पाता।
मुझे शब्द दर शब्द प्रेरणा देने और मुझे माँ सरस्वती का उपासक बनाने वाली माँ के लिए यह कविता कितनी सार्थक है इसका आकलन आप सब करेंगे ही.....

मां के आंचल को
देखता हूँ जब मैं---
लैंस के माध्यम से-
तो लगता है ऐसा कि,
वह मां का आँचल नही
अनगिनित टिमटिमाते सितारों से सजा
आच्छादित आकाश है-----।
जिसमें एक तरफ जड़ा है
ममता,स्नेह और दुलार स्वरूपी शीतल चन्द्रमाँ-
और दूसरी तरफ चमक रही है
खुद तप कर दूसरों को सुख पहुंचाने वाले तेजस्वी सूर्य के रूप में
उम्र भर से की गई मां की तपस्या ।
शांत और निश्छल आकाश की तरह ही
इसके मोम से हृदय में छुपे हैं...
श्रम ,त्याग,सहनशीलता,कोमलता और
धैर्य रूपी बेहिसाब ग्रह-नक्षत्र।
बच्चों के आंसुओं को सोखने की क्षमता के साथ साथ ही
इसमें सजे हैं
अतीत से लेकर वर्तमान तक के
सुख दुःख, रिश्ते नाते और
बच्चों की किलकारियों की लंबी श्रंखला के रूप में
सप्तरंगी इंद्रधनुष....।

अचानक ही जोर से बिजली गरजती है
और भंग हो जाती है मेरी एकाग्रता।
शांत आकाश के यूँ फट पड़ने का
कारण जानने के लिए
मैं नजरें ऊपर उठाता हूं,
तो पाता हूँ कि
वह आकाश ही मेरी माँ का आँचल है
और मैं...
उस आँचल से टूटा हुआ
इक सितारा हूँ....।

अपनी बात

दिन ब दिन मृत होती संवेदनाएं...रिश्तों का रिसाव...मानवीय जज़्बातों का अभाव और अपने अह्म से ऊपर न उठ पाने की हमारी क्रियाशीलता जब कराती है हमें एकाकीपन का एहसास, तो सहज ही उठ जाती है कलम बोझिल हुए मन को हल्का करने के लिये..।

कलम जो अंतरंग मित्र की भूमिका निभाती है...अभावों/तनावों में हमसे घण्टों बतियाती है...। खोलती है ये परत दर परत ह्यस होती अनुभूतियों के राज। जिन्हें बूझते ही व्याकुल हो उठता है हमारा मन और उपजने लगती हैं जीवन के कोरे कागज़ों पर मन की उथल पुथल भावनाएं कभी गद्य/ तो कभी पद्य /गीत/ कविता/ गज़ल/ कहानी तो कभी आलेख के रूप में....।

कलम द्वारा उकेरे गए शब्द दर शब्द मेरे भारी मन को बिल्कुल हल्का कर देते हैं । और मैं यथार्थ की धरातल से अनुभवों के पँख लगाकर उड़ जाता हूँ उस क्षितिज की ओर जहाँ निर्मल निश्छल और सात्विक अनुभूतियों के सिवा कुछ भी नही होता...।

कोविड काल में लंबे लॉक डाउन के कठिन समय में घर की चारदीवारी से घिरा मेरा लेखक मन आत्मचिंतन करते हुए अक्सर सोचता कि, क्या चल पाता इस भयक्रान्त माहौल में एक कदम भी कागज़ और कलम की उंगली के बगैर..? उत्तर हमेशा नही में ही मिलता । उस कठिन दौर के एकाकी पन में वास्तव में लेखनी ने ही मुझे हताशा से उबारने में सहयोग किया। यों तो पिछले 40 वर्षों के लेखनकाल में गद्य और पद्य की अनेकों रचनाओं का सृजन भी हुआ और विभिन्न प्रतिष्ठित पत्र पत्रिकाओं में प्रकाशन भी। हाँ... पारिवारिक जिम्मेदारियों को प्राथमिकता से निभाने की वजह से बीच के 14 वर्ष लेखन और प्रकाशन के प्रति मैं निष्क्रिय सा हो गया था। दायित्वों से मुक्त होते ही मेरा लेखकीय मन फिर से लेखन के प्रति आकर्षित होने लगा। इस कोरोना कॉल ने रुके हुए लेखन को गति प्रदान की।

मेरी लेखन विधा मुख्यतः कविता गीत कहानी और आलेख थी।

लघुकथा लेखन लगभग शून्य सा था। 40/45 वर्षों के लेखन में 4/5 लघुकथाएँ ही लिखी थी। पर दो वर्ष पहले आदरणीय संतोष श्रीवास्तव जी जो विश्व मैत्री मंच की अध्यक्षा हैं,उन्होंने मंच की भोपाल इकाई में मुझे शामिल किया। यहाँ सप्ताह में एक दिन लघुकथा लिखने की कार्यशाला नियोजित होती थी। तनाव भरे समय में खुद को संयमित करने के लिए इस मंच ने ही मुझे लघुकथाएँ लिखने और इस संग्रह के रूप में आप सबके समक्ष रखने का हौंसला दिया। दो वर्षों में 62 लघुकथाएँ लिखने का श्रेय कुछ हद तक आदरणीय कांता राय जी के निर्देशन में चल रहे लघुकथा शोध केंद्र को भी जाता है।

शीतल जल के छींटे यह मेरा पहला लघुकथा संग्रह है। नागपुर, दमुआ (छिंदवाड़ा) और भोपाल मेरे कर्मक्षेत्र रहे। कार्यक्षेत्रों में सक्रिय रहते हुए विपरीत परिस्थितियों में भी कलम पूरे आत्मबल के साथ मेरा साथ निभाती रही।

साहित्यिक मित्रों ने अनेकों बार संकलन निकालने के लिए जोर दिया।पर समय और परिस्थितियां इस ओर कदम बढ़ाने के लिए हमेशा असहयोग ही करती दिखी। वैसे सामूहिक संग्रह चार-पांच आये, लेकिन माँग थी निजी संकलन की जो छोटी बहन नरिंदर कौर बसरा और भांजी रंजीता के निरन्तर उत्साहित करते रहने से ही संभव हो पा रहा है।

इस संकलन के कवर पेज से लेकर पूरे प्रारूप को जिम्मेदारी से तैयार करने की भूमिका रंजीता जिसे हम घर में रूबी के नाम से पुकारते हैं ने ही निभाई है। यह कहना अतिश्योक्ति नही होगी कि यह संग्रह उसकी एकल मेहनत का परिणाम है।

पावती (स्वीकृति)

आभार... शुक्रिया

घुमावदार जिंदगी के लंबे सफर में भागते-भागते थक जाता हूँ जब तो खिड़की के पास रखी आरामदेह कुर्सी पर बैठकर आँखों को बंद किये खोलने लगता हूँ गुजरे कल की किताब...। मेरे हल्के से स्पर्श से फड़फड़ा उठते हैं अतीत के पन्ने....और इन्हीं पन्नों के बीच दबी यादों की तितली खोलने लगती है हौले-हौले अपने रंगबिरंगे पँख.....।

गौर से देखने पर दिखाई देते हैं मुझे इन तितलियों के पँखों पर लिखे वह नाम जो मेरे लेखकीय जीवन में प्रारंभ से अब तक मुझे सतत प्रेरणा देते रहे.....सराहते रहे..।

लेखन के शैशव काल से उसके अपने पैरों पर खड़े होने तक जिन्होंने मुझे सदैव संबल दिया उनका नाम है मेरा ही नही हम सबका ईश्वर।जिनके स्मरण भर से कलम कोरे कागज़ों पर यंत्रवत चलने लगती है। सबसे पहले उस परम परमात्मा का आभार।

मेरी सभी रचनाओं की प्रथम श्रोता रही मेरी जीवनसँगनी हरजीत कौर कुकरेजा के प्रति भी आभार व्यक्त करता हूँ। कहते हैं श्रोता का मूड भांप कर ही रचना सुनानी चाहिये वरना अच्छी रचना भी हूट हो जाती है। मैंने सदैव इसका ख्याल रखा।

एक अच्छे पाठक के रूप में जिन्होंने हमेशा मेरा हौंसला बढ़ाया उनमें प्रथम पायदान पर हैं मेरी छोटी बहन नरिंदर कौर बसरा, लखनऊ और उन्हीं के साथ कंधे से कंधा मिलाकर खड़ी हैं परमिंदर कौर (गोगो) मंडी (हिमाचल प्रदेश) उनका भी दिल से आभार।

मेरी पहली किताब की जिन्हें बड़ी उत्सुकता से प्रतिक्षा रही उनमें से कुछ नामों का मैं हमेशा शुक्रगुज़ार रहूँगा। वह नाम हैं:

श्रीअंकुर वाल्मीक दमुआ (छिंदवाड़ा)

श्री सुशील कुमार सराठे दमुआ (छिंदवाड़ा)

मो.एजाज अंसारी दमुआ (छिंदवाड़ा)
श्री महेश जोशी (नागपुर)
आदरणीय कुलतार कौर कक्कड़ जी (मुंबई)
आदरणीय घनश्याम सक्सेना जी (भोपाल)
आशीष श्रीवास्तव (भोपाल)
सुश्री साधना वल्वटे (भोपाल)
सुश्री सुनीता यादव (भोपाल)
सुश्री महिमा वर्मा (भोपाल)
राजेंद्र शर्मा अक्षर जी (भोपाल)
बिटिया नवनीत कौर मारवाह (रीतू) और साथ ही दामाद, सरबजीत सिंह मारवाह (परासिया)
और दस वर्ष के मेरे नाती नातिन मनजोत सिंह मारवाह(वीर)और लवलीन कौर मारवाह (हीर)
वैसे तो लेखन के सफर में साथ चलते चलते कई चेहरे नज़र के सामने दौड़ने लगते हैं पर उनमें से अधिकांश मित्र अपनी आयु सम्पूर्ण कर इस जगत से बिदा हो चुके हैं।
जनाब मुजफ़्फ़र इकबाल सिदि्दक़ी जी का भी आत्मीय आभार जिन्होंने मेरे एक आग्रह पर किताब की भूमिका लिखी।

और अंत में सबसे अधिक आभार भांजी रंजीताबसरा का जिन्हें हम प्यार से रूबी भी बुलाते हैं।
पुस्तक का कवर पेज रंजीता ने बड़ी मेहनत से बनाया है। इस किताब का फ्रंट कवर उनके द्वारा बनायी हुई ऑयल पेंटिंग की फोटोग्राफ है।
मेरी प्रथम पुस्तक प्रकाशित कर आप सबके बीच लाने का कठिन कार्य करने का श्रेय भी रंजीता को ही जाता है। मुझे यह बात स्वीकारने में कोई हिचकिचाहट नही हो रही कि रूबी उर्फ रंजीता ने अभी भी मुझे उकसाया नही होता... बड़ी शिद्दत से मेरे पीछे लगी नही होती तो अभी भी किताब प्रकाशन का स्वप्न अधूरा ही रहता।

सबसे अंत में उनका आत्मीय आभार जिन्होंने मुझे उम्र के अंतिम पड़ाव पर लड़खड़ाने से.....डगमगाने से बचाया....मेरा मनोबल बढ़ाया...जो मेरे दिल के हर जर्रे में समाए हुए हैं । वह विशेष नाम हैं मेरे

सुपुत्र नवदीप सिंह (विक्की) और बहू वैदेही (मैगी)।

एक बार फिर जो नाम छूट गए हैं उनसे क्षमा मांगते हुए अपने पूरे परिवार के प्रति आभार व्यक्त करता हूँ।

एक नज़र में

मुज़फ़्फ़र इक़बाल सिद्दीक़ी

लघुकथा संग्रह "शीतल जल के छींटे"

एक नज़र में ... ...

आज ज़माने ने बहुत तेज़ी से तरक्की की है। किसी एक विशेष क्षेत्र में ही नहीं बल्कि इंसान की आम ज़िन्दगी से जुड़ी हुई हर बात पर इसका असर देखने को मिलता है। इस विकास की गंगा ने अपने पानी से सभी को बराबरी से सींचा है। तभी तो ज़िन्दगी का हर रंग न सिर्फ परवान चढ़ा बल्कि बदला-बदला सा, अपना चटखपन लिए हुए लगता है। ये बदलाव भी नियति का ही हिस्सा है।

हमारे सोचने-समझने का तरीका बदला। नई-नई परिभाषाएँ गढ़ी गईं।

जिन कामों को कल तक हम बहुत मुश्किल समझते थे, आज के ज़माने में उन्हें पलक झपकते ही हल कर लिया जाता है।

आज एक ऐसा प्लेटफार्म तैयार हुआ है जिसने सभी विधाओं को उसके आकार-प्रकार के हिसाब से खड़े होने के लिए जगह दी। जिनका आकार-प्रकार बहुत सीमित था लेकिन सम्भावनाएँ कहीं ज़्यादा थीं तो उन्हें विस्तृत आकार मिला। उनके दायरे अपनी सीमाएँ तोड़ते नज़र आए। दरअसल उन्हें अपने दायरों को तोड़ना ही नहीं पड़ा। उस दायरे के अंदर तमाम लोग जब समाते गए तो उसका दायरा अपने आप ही बढ़ गया।

किसी भी भाषा के साहित्य में लघुकथा का भी यही हाल था। कोई भी भाषा हो, पंजाबी में मिन्नी कहानी हो या उर्दू में अफ़्साँचे हों। सभी को मक़बूलियत हासिल हुई। यदि कोई ये समझता है कि लघुकथा का आकार छोटा होता है इसलिए यह बहुत जल्दी पढ़ ली जाती है। तो ये गलत है। अक्सर ये भी कहा जाने लगा कि आज की इस भागती-दौड़ती मशीनी सी ज़िन्दगी में किस को फुर्सत है, लम्बी-चौड़ी कहानियाँ पढ़ने की।

मैं इस तर्क को स्वीकार नहीं कर पाता।

उसका कारण मैं समझता हूँ कि प्रत्येक विधा, एक दूसरे जैसी दिखती तो है लेकिन उसका अंदाज़ अलग है, उसमें लोच अलग है, उसका स्वभाव अलग है। मेरा तात्पर्य हिन्दी साहित्य की विधाओं के तुलनात्मक विवेचन का बिल्कुल भी नहीं है। हर विधा की अपनी अहमियत को महसूस करने का है।

मुझे तो दुःख इस बात का होता है कि जब कोई किसी को अपनाने के लिए दूसरे से तुलना करने लगता है।

लघुकथा का आदिकाल से ही अपना एक अलग महत्व रहा है। अपना वजूद रहा है। हर युग में इसे उसी तरह लिया गया जिस तरह और दूसरी विधाओं को लिया जाता था। ये एक अलग बात है कि हर युग में इसका स्वभाव बदलता रहा। इसके मिज़ाज बदलने के पीछे भी उस समय का परिवेश ज़िम्मेदार है।

चरनजीत सिंह कुकरेजा का लघुकथा संग्रह, "शीतल जल के छींटे" इसी बात की गवाही देता है। आपने ज़माने की नब्ज़ को खूब पहचाना है,

ज़िन्दगी के उतार - चढ़ाव देखे हैं। ज़िन्दगी की तमाम विसंगतियों और विडंबनाओं का सामना किया है। उनकी अक्कासी उनकी लघुकथाओं में साफ़ - साफ़ नज़र आती है।

तमाम लघुकथाएं बीते कॅरोना काल की चश्मदीद गवाह की तरह हैं। जिन्होंने कॅरोना काल के असर को घर के अन्दर और बाहर महसूस किया है। तभी तो 'बेड़ियाँ' , जैसी लघुकथा लिखी। जो घर के बुज़ुर्गों के पैरों में बेड़ियाँ डाल देती है क्योंकि सब से ज़्यादा इसके असर का अंदेशा इन्हीं पर था। और जब बहत्तर दिन के बाद लॉक डाउन खुलता है तो इन्हें 'पर' लग जाते हैं।

आपकी कलम, घर की चार दीवारी के अंदर भी खूब चलती है। बुज़ुर्गों की बढ़ती उम्र के साथ उनके विचार, उन्हीं के नौजवान बच्चों के विचारों से मेल नहीं खाते और बार - बार टकराते हैं। जब टकराते हैं तो इनकी आवाज़ बर्तनों की टकराने की सी न होकर एक अजीब से मौन में बदल जाती है। जो किसी को सुनाई ही नहीं देती। इसे केवल महसूस किया जा सकता है। जैसे बस एक रिमोट है जिसका कंट्रोल बदल गया है।

मुझे इनकी लघुकथा 'गिरगिट' बहुत अच्छी लगी।

"माली काका पतझड़ के सूखे पत्ते समेटते - समेटते जहन में रचे बसे धुंधले अतीत को भी साफ करने की कोशिश कर रहे थे।

उनकी सोच पर गाड़ी के हॉर्न ने विराम लगाया। वह काम छोड़ कर गेट खोलने के लिए दौड़े ताकि देबू को अपनी फुर्ती दिखा सकें।

गाड़ी के पोर्च में रुकते ही पिंकी दौड़ते हुए उनके मैले वस्त्रों से चिपट सी गई। देबू ने डांटते हुए पिंकी को अलग किया।"चलो भीतर ,उन्हें अपना काम करने दो।"

इस विषय पर अनेक कहानियां और उपन्यास लिखे गए कि किसी बड़े घर में माली काका या रामू काका जैसे किरदार होते थे जो उस घर की रीढ़ की हड्डी माने जाते थे। घर के मुखिया भी उन्हें परिवार के सदस्यों जैसा ही मानते और उनकी इज़्ज़त करते थे। वक़्त बदलने के साथ ही जिन बच्चों को उन्होंने अपनी गोद में खिलाया वही बड़े होकर गिरगिट का सा रंग बदलने लगते हैं। लेकिन इस लघुकथा का कथ्य कुछ अलग ही है। इसमें बहुत जल्द ही उन्हें अपनी गलती का अहसास हो जाता है।

तभी तो देबू उन्हें वापस सर्वेंट क्वार्टर से घर के अंदर चलने को कहता है। "गोदभराई", एक और अच्छी लघुकथाओं में से है। यहाँ भी यंग जनरेशन से एक सोच की लड़ाई है जिसे माँ - बाप आखिर कार अपने बेटे - बहू से जीत जाते हैं।

"मम्मी बच्ची को अपनी बहू की गोद में देकर गोद भराई की रस्म पूरी नही करोगी और इसी के साथ उसने माँ की गोद से बच्ची को लेकर पत्नी की गोदभराई कर दी।

"पापा ...आपकी बहू ने स्वेच्छा से रिजाइन दे दिया है। लाइये हॉस्पिटल के कागज। आप लोग गाड़ी में बैठिए। मैं भीतर से अभी आया।फिर पहले मंदिर चलेंगे।"

इस लघुकथा संग्रह में ऐसी अनेक लघुकथाएँ हैं जो पाठक के दिल - दिमाग़ पर हावी हो जाती हैं और बहुत देर तक अपना असर बरक़रार रखती हैं।

जिनमें, रिटर्न, रस परिवर्तन, देश में विदेश, ऋतु बदल गई है, बेवकूफ़, पालने में जीवन रेखा, जेवर, पड़ोसनें, बोलती बंद, गृह लक्ष्मी की खीझ, पहल, तसल्ली, झरोखे, करवट, वैक्सीन आ गई क्या, दहेज, चाहे जो भी हो, प्राथमिकता, दादू का खत, संकल्प, साँप - सीढ़ी,हरदिल अज़ीज़ और शीतल जल के छींटे शामिल हैं।

"शीतल जल के छींटे", इस लघुकथा संग्रह की प्रतिनिधि लघुकथा है और शीर्षक भी।

वास्तव में यदि शीतल जल के छींटे, प्रत्येक संयुक्त परिवार पर पड़ जाएँ तो घर - घर की कहानी नाम के किस्से जड़ मूल से ही ख़त्म हो जाएंगे। इस लघुकथा का कथ्य अपने आप में एक उद्देश्य लिए हुए है जो ज़िन्दगी के तल्ख़ तजुर्बों का नतीजा है। यदि हम इसकी रचना शीलता की बात करें तो यहाँ इनका शिल्प एक दम बाहर निकल कर आता है। जब आप लिखते हैं कि "महेश जी ने गैस पर चढ़ी पतीली के उफनते दूध को शीतल जल के छींटें मारते हुए शांत किया..। पर मंजरी का दूसरे बर्नर पर भरते का बैंगन भूनते हुए भुनभुनाना जारी रहा...।"

पाठक स्वयं निर्णय कर सकता है कि दोनों के अंतद्र्वंद की अभिव्यक्ति के लिए कितनी सुन्दर और सटीक उपमाएँ चुनी हैं।

भाषा बहुत ही सहज और सरल है। एक दम बोल चाल की भाषा है। आपकी एक विशेष प्रकार की शैली है जो पाठक को और भी रचनाएँ पढ़ने के लिए ललचाती है। इसका मुख्य कारण भाषा पर इनकी गहरी पकड़ है और हो भी क्यों न? आप गुरमुखी, हिन्दी, और मराठी पर भी मज़बूत पकड़ रखते हैं। अगर दूसरे शब्दों में कहें तो इनके दिल के अंदर सही मायने में हिंदुस्तान बसता है क्योंकि भाषा के साथ उसके बोलने वालों की संस्कृतियाँ भी इसमें समाहित होती हैं।

चरनजीत सिंह कुकरेजा जी एक अच्छे कवि भी हैं। मैंने इनकी कविताएँ, ग़ज़लें सुनी हैं। बहुत खूबसूरत आवाज़ और अदायगी सुनने वाले के कानों में रस घोलती है।

इनको जानने वाले बताते हैं कि कुकरेजा जी के अंदर समाज सेवा का भाव कूट - कूट कर भरा है। यह भी एक कारण है कि इंसान और इंसानियत इनकी लेखनी में सर चढ़ कर बोलती है। पूरी की पूरी बासठ लघुकथाएँ इसकी गवाह हैं।

कुकरेजा जी का व्यक्तित्व और कृतित्व एक समान है। कहीं भी कोई घाल - मेल नज़र नहीं आता।

मेरी दुआ है कि आप इसी तरह लिखते रहें। आपकी कलम की स्याही कभी खत्म ही न हो।

हार्दिक शुभकामनाएं, बधाई।

- मुज़फ़्फ़र इक़बाल सिद्दीक़ी,भोपाल

(लघुकथाकार)

1

बेड़ियाँ

"पापा भीतर चलिए।बाहर निकलने की तो सोचिएगा भी मत"
"बेटा डेढ़ महीने से घर पर ही हूँ।बहुत घुटन सी हो रही है आज..।सोच रहा था थोड़ा पार्क तक घूँम आऊं सुबह सुबह...।मास्क लगा कर जाऊंगा मैं..तुम चिंता बिल्कुल मत करो।"
"आप कहीं नही जाओगे बस ... कह दिया मैंने !!घर मे रहिए और काम में हाथ बटाइये ।चहलकदमी का चाव यहीं पूरा हो जाएगा।" उसके आदेशात्मक स्वर ने पाँव की खुली हुई बेड़ियों का शिकंजा मजबूती से कस दिया।
"बेटा वो अलीम बाबू हैं न ..उनकी खैरियत लेनी थी।तुम तो अच्छी तरह जानते हो उन्हें ,उनकी गोद में बचपन बीता है तुम्हारा,ऑफिस से घर जाते हुए हमेशा तुम्हें चॉकलेट दे जाते थे।पार्क के दूसरी तरफ ही तो घर है उनका।लॉक डाउन के पहले से ही उनका स्वास्थ ठीक नही चल रहा था।उनका फोन भी बंद हैं।इसलिए सोचा आज उनके घर हो आता हूँ।एक वही तो हैं मेरे हमउम्र सखा, सुख दुख के साथी"।
रोजाना सुबह पार्क की बेंच पर बैठ कर अपने अपने दिलों का गुबार दोनों साझा करते और एक दूसरे को तस्सली देने के बाद घरों को लौट जाते।साथ साथ रिटायर्ड हुए थे दोनों।हमउम्र भी थे।दोस्ती पक्की और सच्ची थी।फिक्रमंद होना जायज था।उसका फोन भी नही आया इतने दिनों से।सोचते सोचते मैं अतीत की गहराइयों में पूर्णतःडूब पाता, इसके

पहले ही ....
"पापा क्या आपको पता नही है उनका घर उसी मस्जिद के पास है जहां से जमातियों को खदेड़ा गया है।
सत्यानाश कर रखा है इन जमातियों ने हमारे मुल्क का।"
"पर बेटा इसमें उनका क्या कसूर।चलो मैं नही जाता भई तुम्ही मौका देख कर जरा पता कर के तो आओ ।"
"आपको पता नही है शायद...,वहां जाने के सारे रास्ते बंद हैं।रेड जोन एरिया है वो।और फिर आपको इतनी क्या पड़ी है।आप तो अपनी और अपने परिवार की चिंता करो।कहीं आपकी लापरवाही से हम ही संक्रमित न हो जाएं..." बड़बड़ाते हुए वह पैदल ही घर से बाहर हो गया।उसके पैरों में बेड़ियाँ जो नही थी।उसके इस अंदाज से ऐसा लगा स्वार्थ की बेड़ियाँ उसकी स्वस्थ मानसिकता को जकड़ते जा रही हैं।
"सुनो जी,सुरेंद्र कुछ बता कर गया है क्या ।दोपहर होने को आई।आया नही अभी तक।जरा फोन तो लगाओ उसे"फोन लगाया पर स्विच ऑफ मिला।
घड़ी की टिक टिक के साथ हमारे दिलों की धड़कने बढ़ने लगी।कुछ घट तो नही गया...शंका कुशंका से घिरे हम दोनों अंदर बाहर हो रहे थे कि,अलीम बाबू की आवाज ने मुझे चौंका दिया।
"कहाँ हो महेंद्र बाबू ..सम्हालो अपने सपूत को।"सुरेंद्र मुझसे नजरें मिलाए बिना बदहवासी में भीतर चला गया।
"आओ आओ अलीम बाबू तुम ठीक तो हो न...मुझे चिंता हो रही थी ।मैंने ही इसे तुम्हारी खबर लाने के लिये कहा था।तुम्हारा फोन भी...."अभी मेरी बात पूरी भी नही हुई थी कि, वह बोल पड़ा "मेरा फोन खराब हो गया है।सभी दुकाने भी बंद हैं।लॉक डाउन खुलेगा फिर सुधरवाएँगे।वैसे भी अभी रमजान चल रहे हैं।सारा दिन नमाज और इबादत में निकल जाता है।खुदा से बात करने के लिये मोबाइल की क्या जरूरत..।सजदा किया और बात हो गई...।"उसकी बात में दम तो था..।
"खैर !!मैं तो तुम्हारे बेटे को तुम्हें सौंपने आया था।थाने से छुड़ा कर लाया हूँ।हमारे मोहल्ले में वो सलमा हैं न..इसकी हमजमाती एक ही जमात में पढ़ते थे दोनों...उसके घर के भीतर चला गया था।सलमा के अब्बा

उसकी अम्मी को लेकर हॉस्पिटल चेकअप के लिए गए थे।दोनों की फोन पर बात हुई होगी।ये उसे अकेला देख चला गया घर के भीतर ।ऊपर से घरवाले आगये और कर दिया इसे पुलिस के हवाले। मुझे पता चला तो अपनी पुरानी पहचान बता कर मिन्नतें कर छुड़ा लाया इसे कोरा का कोरा ।अब तो लॉक डाउन खुलते ही बेड़ियाँ डाल दो इसके पैरों में।शादी कर दो अपने समाज की किसी अच्छी लड़की के साथ।"
मैं शर्मिंदा सा उसे भीतर आकर कुछ जलपान करने का आग्रह करता रहा।पर उसने रमजान के वास्ता देकर कुछ भी ग्रहण करने से इंकार कर दिया।रमजान के मुकद्दस महीने में अलीम बाबू की इस नेकी ने उनका रोजा मुकम्मल कर दिया था।
बेटे के पैरों में बेड़ियाँ डालने के ख्याल ने मेरे पैरों में पड़ी बेड़ियों को कुछ ढीला कर दिया था।

2

रिमोट कंट्रोलर

दोपहर के साढ़े तीन बजे थे शायद...बाहर चिलचिलाती धूप और भीतर लॉक डाउन के प्रति खीज चटक रही थी। घर के छोटे बड़े काम निपटा कर हम दोनों अभी लेटे ही थे कि,सिरहाने के पास रखा मोबाइल बजा।यकायक लगी झपकी बाधित हो गई।"डैडी~~सेनिटाइजर वालों को भेज रहा हूँ।सारा घर ऊपर के फ्लोर तक सेनिटाइजर करवा लेना ।साथ जा कर ।"मेरी स्वीकृति सुनने से पूर्व ही संपर्क विच्छेद हो गया।

फोन रखा ही था कि डोरबेल बजी।किसी रोबोट की तरह हम दोनों उठ गए रिमोट कंट्रोलर के आदेश का पालन करने।वो दिन हवा हुए जब रिमोट हमारे हाथ में रहता था।समय का पहिया ऐसा घूमा की टी.वी से लेकर घर के सारे रिमोट बच्चों के हाथ में आ गए।अपने पैरों पर वो खड़े जो हो गए थे...।

"मंजू तुम आराम करो..मैं देख लेता हूँ"

दरवाजे पर साजोसामान से लैस सेनिटाइजर वाले भीतर आने के लिए तैयार खड़े थे।उन्हें लेकर मैं ऊपर चला गया।

मंजू ने

मेरे अनुरोध पर करवट बदल कर दोबारा आंखें मूंद ली थी।दिन भले ही लॉक डाउन के चल रहे हों,गृहणियों के गृहकार्य आज तक लॉक नही हुए।बल्कि इस समय सभी कार्य डाउन होने की बजाय उत्तरोत्तर अप ही हुए हैं।क्योंकि परिवार का हर सदस्य घर पर ही रहता है।सिवाय उमेश

के।उसे बैंक जाना ही पड़ता है।सो गृहणियों का थकना तो लाज़मी ही है। बहुरानी और बच्चे अपने अपने कमरे में बंद।बच्चे ऑन लाइन पढ़ाई में और बहू ऑफ़िस वर्क में व्यस्त।बीच में किसी का ख़लल उन्हें पसंद नही था।बावजूद इसके मुझे तो यह कार्य तो करवाना ही था।सो मैं दोनों कर्मचारियों को बिना आहट किये ऊपर तक ले गया था।

दरवाजों के हैंडल खिड़कियां सीढ़ियां रैलिंग सब पर छिड़काव हो गया।सीढ़ियाँ गीली थी।वह दोनों युवा तो शीघ्र ही नीचे उतर गए।मैं रैलिंग पकड़ कर आहिस्ता आहिस्ता उतरने लगा खुद को गिरने से बचाते हुए।पर होनी भला टलती है क्या!!अचानक मेरी चप्पल फिसल गई और साथ ही मैं भी...।जैसे तैसे दाहिने हाथ के सहारे मैंने चौथी सीढ़ी पर आकर खुद को रोक लिया।

"अंकल चोट तो नही आई।"उन्होंने घबराई आवाज में बोलते हुए मुझे उठने में मदद की।

आवाज सुनकर सभी कमरों से निकल आये।क्या हुआ दादा जी,पापा क्या हुआ,बताइए कहाँ चोट लगी।

मंजू भी हड़बड़ा कर दौड़ी चली आई।पर मैं ढलती उम्र में भी फुर्ती दिखाते हुए उठ खड़ा हुआ।

"नही कहीं चोट नही लगी।चिंता मत करो आप लोग।"मेरे आत्मविश्वासी चेहरे ने सबको वापस कमरों में बंद होने की अनुमति दे दी।

युवाओं को बिदा कर मैं भी अपना कंधा दबाते हुए कमरे में लौट आया।"क्यों जी..जादा लगी है क्या।मुझे तो बता दो।" मेरा उत्तर सुने बिना ही उसने कंधा दबाना शुरू कर दिया।

हाथ ऊपर नही उठ रहा था।पर मैं कोशिश में लगा रहा ।ताकि उमेश के घर आने के पहले तैयार-बर-तैयार रह सकूं,अगले आदेश का पालन करने के लिये।

ऊपर के कमरों से उमेश को मेरे गिरने की सूचना मिल गई थी शायद।तभी तो बिना विलंब किये मंजू का फोन घनघना उठा।"ये मैं क्या सुन रहा हूँ मम्मी ...डैडी फिर गिर गए।आप उन्हें समझाती क्यों नही ।आराम से काम करें।वैसे ही लॉक डाउन की वजह से हम लोग परेशान

हैं।बाइयाँ मजदूर कोई आ नही रहे हैं।आप लोग भी लापरवाही करोगे तो कैसे चलेगा।मैं यहाँ ड्यूटी में खट रहा हूँ।आप लोगों से घर नही संभाला जाता"

"अरे कुछ नही हुआ बेटा।नाराज मत हो सब ठीक है।तेरा कोई काम रुकने दिया है आज तक।तू चिंता मत कर"मंजू ने हमेशा की तरह ढाल बनते हुए मुझे निढाल होने से बचाया और मुस्कुराते हुए मेरे हाथ में हल्दी वाला दूध थमा कर मूव से कंधे पर मालिश शुरू कर दी।अपने रोबोट को तंदुरुस्त देखना चाहती थी वो।ताकि रिमोट कंट्रोलर को कोई शिकायत न हो।

3

पर

"पापा सुधीर का फोन है,उसे बोल दो रवि फोन घर पर भूल गया है।मुझे अभी बहुत काम है"इतना कहते ही संजू उन्हें मोबाइल थमाते हुए ऊपर चला गया।
मैं सोचने लगा कि,आखिर क्या हो गया है आजकल के बच्चों को .....चाहे कितनी ही व्यस्तता हो अपने मित्र से दो मिनट निकाल कर बात तो की ही जा सकती है न....।
एक जमाना था जब हमें मैत्री संवाद की प्रतीक्षा रहती थी।कामकाज तो उस समय भी बहुत थे पर हम खुद के लिए भी जीते थे।मित्रों से मिलने का या वार्तालाप करने का अवसर कभी बहाने बना कर चुकाते नही थे।मन ने कहा ....जाने भी दे यार ...नई पीढ़ी की अपनी सोच है,हर रिश्ते को प्रगाढ़ बनाये रखने के लिये उनके अपने मापदंड है।
सोचते सोचते मैंने दो घँटे से बाहर धूप में वायरस विहीन हो रहे अखबार को उठा कर उसकी सुर्ख़ियों पर नजर दौड़ाई।आज की सुर्खी देख मेरी बांछे खिल गई।थोड़ी देर पहले रवि के व्यवहार से मायूस हुआ चेहरा ताज़ातरीन पुष्प सा खिल उठा।सुर्खी थी कल से 72 दिनों से लगाया गया लॉक डाउन खुल जायेगा...सरकार की गाइडलाइन के अनुसार...।
चश्मा लगाकर मैं आरामकुर्सी पर बैठ सरकारी गाइडलाइन गौर से पढ़ने लगा।एक लाइन पढ़ते ही मेरी आँखों की चमक बढ़ गई।लिखा था"कल से मॉर्निंग वॉक से पाबंदी हट जाएगी । पर...... "इस पर के आगे लिखी

इबारत ने खिले चेहरे को फिर से मुरझा दिया।इबारत थी"60 वर्ष से ऊपर की आयु वाले अभी घर पर ही रहें।क्योंकि वायरस उम्रदराजों पर जल्दी आक्रमण करता है।"

सारा दिन इसी कशमकश में भीतर ही भीतर घुटता रहा...और रात बिस्तर पर लेटने के पहले तक मन ही मन मंथन करता रहा,कि आखिर गाइडलाइन में लिखा ये "पर" कब तक हमारी आजादी के पर कतरता रहेगा ।क्या हमारी बढ़ी उम्र हमें ताजी शुद्ध हवाओं से भी वंचित कर देगी।हमें बार बार बूढ़े होने का एहसास क्यों कराया जाता।कब मिलेंगे हमें अपने हिस्से के क्षितिज तक उड़ने वाले वही पुराने पर......।

करवट बदलते बदलते रात कब बीती पता ही न चला।अचानक रवि की आवाज ने मुझ उनीदें को पूरा जगा दिया"पापा उठिए सुबह हो रही है पांच बज रहे हैं।मुंह हाथ धो लीजिये।और बाहर आ जाइए मैं कार में आपका इंतजार कर रहा हूँ।बड़ी झील चलते हैं।सुधीर भी अंकल को लेकर वहीं आ रहा है।हम दोनों मित्र पार्क में जॉगिंग करेंगे और आप दोनों पार्क की बेंच पर बैठ कर गपशप करना। चलिये जल्दी कीजिये..सुधीर पहुंचता ही होगा।देर रात उससे फोन पर प्रोग्राम तय हुआ था।"कहते कहते रवि बाहर चला गया।

मैंने भी चश्मा आंखों पर लगाते हुए दोनों हथेलियाँ आपस मे जोड़कर कर प्रभु का वंदन किया और बरबस ही कह उठा हे प्रभु हमारे परों को सलामत रखना

खिड़की के बाहर नजर गई तो देखा ...आकाश मार्ग पर चहचहाते हुए परिंदों का झुंड उड़ान भर रहा है।दालान में लगे आम के पेड़ पर कोयल के कूकने की मधुर आवाजें भी सुनाई दे रही थी ।लग रहा था जैसे सभी पंछी एक स्वर में मेरा अभिवादन करते हुए कह रहे हों... पर सदा सलामत रहें हमारी तुम्हारी आत्मनिर्भरता के।

4

गिरगिट

बंगले से लगे बगीचे में ही था माली काका का छोटा सा सर्वेंट क्वाटर।जिसमें वह पत्नी के साथ अभी कुछ दिनों पहले ही शिफ्ट हुए थे।पिछले 30 बरसों से तो वह बंगले के भीतर ही रहते थे।परिवार के आत्मीय और अहम सदस्य का महत्व जो रखते थे दोनों...।देबू याने देवेंद्र के मम्मी पापा का एक्सीडेंट में गुजरना क्या हुआ... बंगले की दहलीज लांघना भी मुहाल न रहा।बस वक्त वक्त पर बुधिया भीतर जाती ।घर की साफ सफाई और दूसरे कामों के अलावा पिंकी की देखभाल का जिम्मा जो था उसका।

वह बाजार से सौदा लाकर चौखट पर रख बहु के हाथ में बचे हुए पैसे और लिस्ट थमा कर बगीचे की साफ सफाई में ,उसे सींचने में और गैराज में खड़े दोपहिया चारपहिया गाड़ियों की सफाई मेंजुट जाते।

देबू के पापा ही तो लाये थे दोनों को गांव से शहर 30 साल पहले।प्रकाशबाबू जिनके पास बेटा काम करता था।उसकी ईमानदारी काम की निपुणता से प्रकाशबाबू बहुत प्रभावित थे।भाई से बढ़कर मानते थे वो उसे।पर अचानक ही एक दिन बेटे ने नश्वर शरीर त्याग दिया।

उन दिनों अपने जवान बेटे की कैंसर से हुई मौत से दोनों सदमे में रहने लगे थे।बेटे के इलाज में पुशतैनी जमीन का छोटा सा टुकड़ा भी हाथ से निकल जाने के बाद गुजर बसर का कोई जरिया नही बचा था उनके पास।तब उनकी दयनीय स्तिथि देखते हुए प्रकाशबाबू ने ही दोनों को

अपने घर लाकर एक सच्चे हमदर्द मालिक का नैतिक फर्ज निभाया था।प्रकाश बाबू ने हमेशा उन्हें माँ बाप का दर्जा देते हुए सम्मान दिया था।देबू तो तब 3 बरस का रहा होगा जब दोनों इस घर में आये थे। देबू की दुल्हन के ग्रहप्रवेश की सारी रस्मों में विशेष भूमिका निभाई थी दोनों ने।बहु ने भी तब चरणस्पर्श करते हुए आशीर्वाद लिया था उनसे।और आज........अचानक देबू ने कार में बैठते बैठते अचानक फरमान सुना दिया।"काका वो क्या है कि,आप दोनों अब बुजुर्ग हो गए हो।अब पहले सी फुर्ती भी नही रही आपमें।काकी से भी अब पहले जैसा काम नही होता ।उमर हो चुकी है आपकी।मधु के मायके से युवा जोड़ा आ रहा है अगले हफ्ते ।अब आप दोनों का काम वही संभालेंगे।अब यह क्वाटर उन्हें देना होगा रहने के लिये।उनके आते ही मैं आप दोनों को गांव छोड़ आऊंगा।आप जाने के लिए तैयार रहना।अपने बचे हुए दिन आप वहीं सुकून से व्यतीत करना"।

माली काका पतझड़ के सूखे पत्ते समेटते समेटते जहन में रचे बसे धुंधले अतीत को भी साफ करने की कोशिश कर रहे थे।

उनकी सोच पर गाड़ी के हॉर्न ने विराम लगाया।वह काम छोड़ कर गेट खोलने के लिए दौड़े ताकि देबू को अपनी फुर्ती दिखा सकें।

गाड़ी के पोर्च में रुकते ही पिंकी दौड़ते हुए उनके मैले वस्त्रों से चिपट सी गई।देबू ने डांटते हुए पिंकी को अलग किया।"चलो भीतर ,उन्हें अपना काम करने दो।"

"नही पापा अभी मैं बगीचे की सैर करूंगी ।पेड़ पौधों से थोड़ा बांते करूंगी।आप घुमाएंगे न काका।" "हाँ हाँ क्यो नही .." और पिंकी पापा की घूरती नजरों की परवाह किये बिना माली काका से रोज की तरह फूल पत्तियों पौधों की जानकारी लेने में व्यस्त हो गई।तितलियां परिंदे गिरगिट गिलहरियों की उछल कूद उसे बहुत आनंदित करती थी।

"काका आपने इतने सारे सूखे पत्ते जलाने के लिये इकट्ठा किये हैं।"

"नही पिंकी बेटा ये पत्ते सूख अवश्य गए हैं पर अभी भी इनमें दूसरे पौधों को ऊर्जा देने की ताकत है।हम इन पत्तों की खाद बनाएंगे।नए पौधों में डालेंगे।ताकि उनका विकास हो सके।"

बात करते करते वह आगे बढ़ कर एक सूखे पेड़ के पास रुक गई।"काका

आप इस सूखे पेड़ में इतना पानी क्यों बर्बाद करते हो।इसे काट क्यों नही देते।"
"बेटा पेड़ सूखा जरूर है ,पर इसकी जड़ें बहुत मजबूत हैं।जब तक यह खुद ब खुद नही गिर जाता हमें इसका पालन पोषण अर्थात पानी खाद देते रहना चाहिए।क्या पता हमारे पोषण से यह फिर पहले सा हरा हो जाये। और फिर जिस पेड़ ने हमें जीवन भर अपनी शीतल छाया प्रदान की हो उसे व्रद्ध होते ही हम काट दें।शोभा नही देता न...।
हमें कभी स्वार्थी नही बनना चाहिये।"वह पांच साल की पिंकी को ऊंची ऊंची ज्ञानवर्धक बातें समझाते हुए उसकी कोमल जिज्ञासा को शांत करने की कोशिश कर रहे थे।
"चलो ठीक है पिंकी बिटिया अब भीतर जाओ।कल और बातें करेंगे।"वह फुदकते फुदकते भीतर चली गई।उस रात पिंकी ने पापा से माली काका से हुई सारी बातें दोहराई।देबू भी उसकी बातें सुन गहरी सोच में डूब गया। दूसरे दिन सुबह चाय पीते हुए माली काका पत्नी से कल देबू द्वारा दिये गए अल्टीमेटम पर चिंतन कर रहे थे, कि इतने सालों बाद गांव वापस जा कर कैसे जीवन की गाड़ी हांकेंगे।प्रकाश बाबू से मिले स्नेह और अपनत्व को याद करते हुए दोनों उनका गुणगान करने में तल्लीन थे,कि देबू क्वाटर में दाखिल हुआ। पिंकी भी उनके साथ स्कूल जाने के लिये तैयार खड़ी थी।
"काका कल आप जो पिंकी को पेड़ पौधों के विषय में समझा रहे थे वो उसकी बुद्धि में तो उम्र के साथ आ ही जाएगा ।पर मेरी समझ में बहुत कुछ आ गया है।आप दोनों अब यहां क्वाटर में नही हमारे साथ घर के भीतर ही रहोगे। अपने उसी कमरे में जहां बाबूजी के समय आप रहते थे।मेरे और अपनी बहू का कहा सुना माफ करदें और भीतर चलें।"इतना कहते हुए वह सामान समेटने लगा।शायद उसने भी सूखे पत्तों से इस परिवार को हराभरा रखने के लिए संस्कारों की खाद बनाने का निर्णय ले लिया था।
देबू काका का हाथ पकड़ कर बागीचे से घर की ओर बढ़ा।अचानक पिंकी देबू का हाथ खींचते हुए बोली"पापा पापा वो देखो पेड़ पर गिरगिट ..कैसे रँग बदल रही है....."देबू कनखियों से उस गिरगिट को देखते हुए मन ही

मन अपने व्यक्तित्त्व की तुलना करने लगा।

5

रिटर्न

"फिर क्या सोचा है तुमने ...बिट्टू के बारे में"

"अब मैं अकेला कहाँ तक सोचूं।जो फैसला करना है मिल कर ही तो करना है न...।आज तक मैंने तुम्हारी मर्जी के बिना कोई कदम उठाया है क्या..?" इसी के साथ तकिए को ऊंचा करते हुए मैं उसकी टेक लगा कर बैठ गया।

"चुप्प क्यों हो नम्रता ....बताओ फिर "

अब नम्रता भी उसी पोजिशन में बैठ गई थी।

उसे यूँ चिंतित मुद्रा में देख मैं उसका हाथ अपने हाथ में लेते हुए समझाने लगा।

"अब दिमाग पर ज्यादा जोर मत दो।कोई न कोई फैसला तो हमें लेना ही होगा।"

थोड़ी देर उसकी प्रतिक्रिया की प्रतीक्षा करते हुए बोला"देखो बिट्टू पाँच साल का हो गया है अब।हम दोनों अपनी व्यस्तता के चलते उसकी देखभाल संजीदगी से नही कर पा रहे हैं।दिन-ब-दिन उसकी शैतानियां भी बढ़ती जा रही हैं।आखिर कब तक हम उसे काकी के भरोसे छोड़ेंगे।तुम्हारे और मेरे ऑफिस जाने के बाद वो संभालती तो हैं उसे..स्कूल छोड़ने और लाने का भी दायित्व पूरा करती हैं ,पड़ोसी होने के नाते.....।पर उसकी वास्तविक परवरिश की जम्मेदारी तो हमारी ही है न....।"फिर थोड़ा अतीत को याद करते हुए बोला

"नम्रता...तुम्हें याद है ,जब हम इस घर का इन्टीरियर करवा रहे थे तो अक्षय सर ने तुमसे कहा था कि,पेड़ पौधों की देखभाल, उनका रखरखाव यदि समर्पण भाव से खुद कर सको तो ही आँगन में बगीचा लगाने की सोचो वरना बाहर के आर्टिफिशल फूलों से ही मन बहलाओ..।"

नम्रता ने एक हुंकार से मेरे कथ्य का सत्यापन किया।उसे और समझाने के उद्‌देश्य से मैंने बात आगे बढ़ाई "सुबह से शाम तक बाहर रहने के कारण हम अपने रोपें बूटों की भी देखभाल नही कर पाए।गाजरघास ने पूरे बागीचे को अपनी गिरफ्त में ले लिया था।फिर उसकी खूबसूरती बरकरार रखने के लिये हमने माली को रखा।उसके आने से अब देखो वहां कितनी रौनक आ गई है।कितनी खूबसूरत दिखने लगी हैं फूलों कलियों से लदी डालियां।"

वो मेरा आशय समझ रही थी।इसलिये बोली "मुझे भी चिंता है बिट्टू की।पर आज के दौर में मैं जॉब भी तो नही छोड़ सकती।"फिर मेरे कंधे पर सर रखते हुए बोली," तुम जो ठीक समझो वो करो।बिट्टू के भविष्य के लिए मैं तुम्हारे हर निर्णय के साथ हूँ।"

थोड़े अंतराल बाद वह फिर सीधा लेटते हुए आदेशात्मक लहजे में बोली ,"हां ... किसी ठोस निर्णय पर पहुंचने से पहले अच्छी तरह विचार कर लेना...।माँ बाबूजी को मना कर तो ले आओगे।वह आ भी जाएंगे।पर यह भी सच है कि,बुढ़ापे में बचपन दोबारा लौट आता है।अभी हम एक बच्चे की परवरिश के लिए चिंतित हैं,फिर कहीं तीन बच्चों का भार न झेलना पड़ जाए।"

"अरे नम्रता जरा ये भी तो सोचो माँ बाबुजी के आने से बिट्टू को दादी के संस्कारों की परवरिश मिल जाएगी और बाबुजी माली का काम बखूबी कर लेते हैं ।सो हमें अलग से माली पर निर्भर भी नही रहना पड़ेगा।"

उसे मेरी दलील अच्छी लगी।"तो फिर ठीक है कल जा कर ले आओ दोनों को।"

नम्रता की सहमति मिलते है मैं भी सीधा लेट गया।

पर आधी रात को फिर उठ कर बैठ गया।नम्रता गहरी नींद में थी।और मैं अपने ही निर्णय पर पुनर्विचार कर रहा था कि,बिट्टू की संस्कारित परवरिश के लिये माँ बाबुजी को लिवा लाऊँ या होस्टल में भर्ती करवा

दूँ।जैसे बाबुजी ने एक दिन उसे भेज दिया था होस्टल...।जीवन का यह कटु सत्य है कि व्यक्ति को उसके कर्मों का रिटर्न भविष्य में मिलता ही है।

इसी पशोपेश में नई सुबह का संकेत मिलने लगा था।और मैंने होस्टल के ख्याल को सिरे से नकारते हुए माँ बाबुजी को लाने के निर्णय पर अपनी मोहर लगा दी।

आखिर मुझे अपने भविष्य की रिटर्न का भी तो ख्याल करना था।

6

गोदभराई

सुनती हो ...चलने के पहले फिर से सोच लो।निभा पाओगी फिर से माँ बनने की जिम्मेदारी..."

"क्यों मुझ पर भरोसा नही है क्या.. ।अरे..,उम्र भले चुकती जा रही है ,पर मेरे भीतर की ममता अभी भी पहले सी जवान है ...एकदम तरोताजा...चाहो तो दिल निकाल कर दिखा दूँ....."

मैंने गौर से उसकी आँखों मे झलकते ममत्व को हिलोरे मारते देखा।

"कहीं तुम्हें इस उम्र में पिता बनने में लाज तो नही आ रही है ..."उसने मुझे कटाक्ष किया।

"देखो जी ...तुमने तो रिटायर्ड होने के बाद भी प्राइवेट जॉब ढूंढ कर खुद को व्यस्त कर लिया।तुम्हारे साथ बच्चे भी अपने-अपने ऑफिस निकल जाते हैं।मैं रह जाती हूँ अकेली इतने बड़े घर में।काटने को दौड़ता है बच्चों के बिना सूना घर...।और फिर मेरा सर्कल भी ऐसा नही है,कि किट्टी पार्टियों में जा कर या आस-पड़ोस में गप्पें लड़ा कर मन बहला सकूँ।मुझे तो घर मे ही चाहिये कोई बात करने वाला....।"

वैसे उसकी बात में भी दम तो था।

बच्चों से इतने सालों से कहते कहते थक गए।पर उनके कानों पर जूं तक नही रेंगी।मर्जी के मालिक हैं दोनों। उन्हें तो चिंता है बस अपने फिगर की।बहू को शारीरिक फिगर की,माँ बनने के चक्कर में कहीं वह बेडौल न हो जाये और बेटे को आर्थिक फिगर की कि कहीं जमा-पूंजी

में फिगर कम न रह जाएं।पर भविष्य की परिपक्वता के लिए वर्तमान की अनदेखी करना भी तो जायज नही लगता।"हमारी अपनी लाइफ भी है"कह कर ही तो ईश्वर के अनमोल उपहार को लेने से इंकार नही किया जा सकता।जो हर शादीशुदा जोड़े का हक बनता।

आज रविवार था।दोनों बच्चे घर पर ही थे।सो पास बिठला कर उन्हें अपने अहम निर्णय से अवगत करवाने के लिए मैंने भीतर आवज लगाई "राज बेटा बाहर आ जाओ लॉन में...बहू को भी लेते आना..।यहीं बैठ कर एकसाथ चाय पीते हैं।"

तत्काल ही दोनों आकर साथ बैठ गए।"लाइये मम्मी जी मैं बनाती हूँ सबके लिए चाय..।"बहू ने लाजो के हाथ से चाय की ट्रे लेते हुए कहा।

जब तक चाय बनती मैंने साइड टेबल पर रखा अखबार उठाया और राज के हाथ में थमाते हुए एक विशेष खबर को पढ़ने के लिए कहा।

"पापा ...सुबह-सुबह आपका ध्यान इन खबरों की ओर ही क्यों जाता है ...।विचलित करते हैं ऐसे समाचार मुझे।मानवीय संवेदनाएं तो जैसे मर ही चुकी हैं।एक माँ कैसे इतनी कठोर हो सकती है कि,नवजात शिशु को लावारिस कचरे के ढेर पर छोड़ कर चली जाए...।देखो ना...चादर में लिपटी उसकी सुकोमल देह को चीटों ने किस तरह ढँक लिया है।"वह अपनी माँ को अखबार में छपा चित्र दिखा रहा था।

"होती हैं बेटा ऐसी कुछ कठोर ह्रदय वाली स्त्रीयाँ ।खैर....अब तो वह बिल्कुल ठीक है।समय पर इलाज मिल गया उसे...।बस अब उस बच्ची को माँ की गोद मिल जाये।"

"हाँ बेटा हमने तुम्हें यही बताने के लिए पास बिठलाया है"मैंने लाजो की बात को आगे बढ़ाते हुए कहा " तुम्हारी माँ इसे गोद लेना चाहती है।मैं भी राजी हूँ।अब तुम दोनों की रजामंदी चाहिए बस...।"

कप में चीनी घोलते बहू के हाथ रुक गए ।"पर पापा आप लोग इसे ले आओगे तो पालेगा कौन... मेरा सारा दिन तो ऑफिस में निकल जाता है।और इस उम्र माँ संभाल पाएगी नवजात को...,मुझे इस पचड़े से तो दूर ही रखियेगा..."

"बहू तुम जिसे पचड़ा कह रही हो ,उसे हर स्त्री अपना सौभाग्य मानती है।आ जाने दो मासूम को घर।अवश्य ही उसका सानिध्य तुम्हारे भीतर

की माँ को पुनर्जीवित कर देगा।तुम दोनों ने यदि बहुत पहले ही हमारा कहा माना होता तो आज हमें यह कदम उठाने के लिये बाध्य न होना पड़ता।" मैंने बहुत ही सहजता से अपनी बात रखी..।परिस्थितयां जैसी भी हों हम दोनों ने ही कभी भी अपने लहजे को तल्ख नही किया।खास कर बच्चों पर...

"पर पापा वह लावारिस किसका खून है हमें क्या पता।ऐसी नाजायज औलाद को अपना नाम देना क्या सही होगा।जिसके धर्म का भी हमे नही पता...।"दोनों ही एकस्वर में हमारे निर्णय पर प्रश्न उठाने लगे।

इस बार लाजो खुद को रोक न पाई।नाजायज शब्द उसे कचोट रहा था।"राज बेटा तुम्हारा अपने बारे में क्या ख्याल है।तीस साल पहले तुम्हे गोद लेते समय भी करीबी रिश्तेदारों समाज के गणमान्यों की भाषा भी कुछ ऐसी ही थी ।पर हमने परवाह न करते हुए तुम्हें अपना नाम दिया,लावारिस से वारिस बनाया।"इतने सालों से मन में छुपा राज आज'राज' पर उजागर करते हुए वह जरा भी विचलित दिखाई नही दी।बहू तो हमें चाय सर्व करना भूलकर कब की भीतर चली गई थी।शायद उसमें इस कटु सत्य को बर्दाश्त करने की हिम्मत नही थी।

बाहर गाड़ी का हॉर्न बज रहा था।"चलो लाजो ओला आ गई है शायद "और हम दोनों बिना देर किए बाहर आ गए....पीछे राज को स्तब्ध छोड़ कर..।वह यह कहने का भी साहस नही जुटा पाया "कि रुकिए पापा मैं आपको अपनी गाड़ी से ले चलता हूँ.."

हॉस्पिटल में गोद लेने की कागजी कार्यवाही के पूर्ण होते ही नर्स ने लाजो की गोद में फूल सी बच्ची को सौंपते हुए बधाई दी। जन्मदायनी माँ की तरह ही लाजो उसे सीने से चिपटाते हुए आत्मिक सुकून की अनुभूती कर रही थी।बच्ची भी ऐसी जैसे कोमल कली खिलने को बेकरार हो।उसका सौंदर्य लाजो की गोद में आते ही ओर निखर आया था।

मैं उसे सहारा देते हुए हॉस्पिटल के बाहर तक लाया।वहीं पास खड़ी एक टैक्सी को पास आने का इशारा किया।पर उसके आने के पहले ही एक कार हमारे सामने आकर रुक गई।हम दोनों ही चौंक गए।अरे ये तो राज की कार है।

रुकते ही राज बहू के साथ हमारी ओर आया।"मम्मी बच्ची को अपनी

बहू की गोद में देकर गोदभराई की रस्म पूरी नही करोगी।"और इसी के साथ उसने माँ की गोद से बच्ची को लेकर पत्नी की गोदभराई कर दी।
"पापा ...आपकी बहू ने स्वेच्छा से रिजाइन दे दिया है।लाइये हॉस्पिटल के कागज।आप लोग गाड़ी में बैठिए।मैं भीतर से आया अभी आया।फिर पहले मंदिर चलेंगे।
कागजात लेकर वह लगभग दौड़ते हुए भीतर गया और उतनी ही फुर्ती से लौटा भी..।आते ही उसने मेरे हाथ में कागजात थमा दिए।मैंने एक नजर उन्हें खोल कर देखा।खुशी के मारे मेरी धड़कन बढ़ने लगी।कागजों पर माता-पिता के कॉलम में मेरे और लाजो के स्थान पर राज और बहू का नाम जो दर्ज था.....।

7

रस परिवर्तन

"बहू आजकल तेल बहुत डालने लगी हो तुम सब्जी में...चपातियाँ भी घी से तर हैं...तुम्हें कितनी बार कहा है ख्याल रखा करो हम दोनों की सेहत का।"डायनिंग टेबल पर भोजन ग्रहण करते हुए रजनी की माँ में सास की आत्मा नेआज फिर प्रवेश कर लिया था।

" लगता है आज रसोई में ध्यान नही था तुम्हारा।"पहला निवाला मुँह में रखते हुए उनका कोसना बदस्तूर जारी था।"लो देखो नमक भी ज्यादा है आज सब्जी में...सुबह की चाय भी इतनी मीठी जैसे डब्बा उँडेल दिया हो चीनी का।हमें क्या जल्दी बिदा करने का इरादा है...।"

"क्यों जी ...तुम भी तो कुछ बोलो...हमेशा मैं ही बुरी बनती हूँ।"पत्नी के उलाहने पर भी मैं चुप्पी साधे हुए भोजन का स्वाद लेने में मशगूल रहा।क्योंकि मेरा मानना है कि,भोजन को हमेशा ईश्वर का प्रसाद समझते हुए उसका शुक्रिया अदा करते हुए बड़े सुकून के साथ ग्रहण करना चाहिए।हम खुशनसीब हैं जो हमें घर बैठे नित-प्रति विभिन्न स्वाद चखने को मिलते हैं।वरना तो दुनिया में ऐसे कई लोग हैं जिन्हें दो निवालों के लिए भी कड़ी मशक्कत करनी पड़ती है।और कईयों को रात फांकों से ही गुजारनी पड़ती है।और फिर जब इतने सालों से अपनी पत्नी द्वारा परोसे जाने वाले व्यंजनों में मैंने कभी नुक्स नही निकाला तो हाल फिलहाल घर में आई बहू द्वारा पकाए भोजन में मीन-मेख निकाल कर उसका निरादर कैसे करता।मैं बस इतना ही कह सका "शांति से भोजन

का रसास्वादन करो भागवान... सीख जाएगी धीरे-धीरे...सबके स्वाद मुताबिक खाना बनाना।"
पति की ओर मुँह बना कर देखते हुए वह फिर बोल उठी "क्या खाक सीखेगी।माँ ने सिखाया होता तब न सीखती।तुम्हें तो सिवा पैरवी करने के सिवा कुछ आता ही नही।मेरी तरफ से तो कभी बोलगे ही नही। भर गया मेरा पेट तुम्ही खाओ...।"इतना कहते ही वह थाली आगे सरकाते हुए उठने को हुई ही थी कि,सामने बैठी रजनी बोल उठी "मम्मी जी आप तो नाहक ही भाभी को डपट रही हैं।अपने संस्कारों की वजह से वह आपकी हर नुक्ता चीनी पर खामोश रहती हैं।कभी आगे बढ़ कर आपको जवाब नही दिया उन्होंने।और वैसे भी आज सुबह से मैंने ही सारे किचन की जवाबदारी लेकर भाभी को दो दिनों के लिए आराम करने को कहा था।दो-चार दिनों के लिए ही तो आने को मिलता है मुझे मायके।भाभी के मना करने के बावजूद जिद करके मैंने ही खाना बनाया है।सुबह की चाय भी मैंने ही बनाई थी।यह तो उनका बड़प्पन है जो वह चुप रह कर मेरे हिस्से के ताने सुन रही हैं...लगता है मेरे जाने के बाद आपका टेस्ट बदल गया है।मुझे बता दीजियेगा आपको कैसा खाना पसंद है।वहाँ ससुराल में ननद जी किचन में कुछ करने ही नही देती।कहो तो कहती है...भाभी आप तो अभी आराम कीजिये ।इन्जॉय कीजिये भैया के साथ...उतरने दीजिये हाथों की मेहंदी को आहिस्ता-आहिस्ता।बाद में तो फिर खटना ही रसोई और घर बाहर के कामों में....।यहाँ आकर सोचा यहीं थोड़ा हाथ साफ कर लूँगी।ऐसे में मेरी प्यारी भाभी को आराम भी मिल जाएगा और आप लोगों की सेवा भी कर पाऊंगी पहले की तरह।पर आपने तो मेरा सारा जायका ही बिगाड़ दिया.....।" ननद भौजाई से आँखे दो-चार करते मंद-मंद मुस्कुराते हुए आखिर मुझे बोलना ही पड़ा.....
"अब बस भी करो रजनी...।"और इसी के साथ कनखियों से उसकी तरफ देखा ,वह उठते-उठते फिर बैठ गई थी।और बड़े इत्मीनान के साथ बेटी के हाथ के बने भोजन का वास्तविक आनंद लेने में मग्न थी।थोड़ी देर पहले के बिगड़े जायके का पूरी तरह रस परिवर्तन हो चुका था..।

8

फूल तोड़ना मना है

"पापा आप रोज-रोज इतने सुंदर फूल डालियों से क्यों तोड़ते हो "सात साल की हीर ने बड़ी मासूमियत से मेरी उंगली खींचते हुए पूछा...।

"पूजा के लिए बेटा...कुछ घर के पूजा गृह में रखते हैं और कुछ तुम्हारी माँ मंदिर में चढ़ा आती है...भगवान के श्री चरणों में...तुम्हारी माँ के आदेश का पालन भी तो करना होता है ना....।

"पर पापा भगवान जी तोड़े गए फूलों से खुश हो जाते हैं...दुःख नही होता उन्हें?क्या उन्हें बगीचे में खिले हुए फूल अच्छे नही लगते....?इन्हें तोड़ते समय दर्द होता होगा न पौधों को..."।

हीर के इन बाल सुलभ प्रश्नों ने मुझे भी विचलित कर दिया।बच्ची कह तो सही रही है...प्रकृति के सौंदर्य को हम ही अपनी कारस्तानियों से मलीन करते हैं।बिन मांगे मिली ईश्वर की इस अनमोल धरोहर को ,इन पेड़-पौधे को... जो प्रदूषण के खिलाफ डटकर सीना ताने अघोषित जंग लड़ते हैं,हमारी श्वासों को तरोताजा और स्वस्थ रखने के लिए एक प्रशिक्षित योद्धा की तरह मौसम के रूप-विद्रूप को झेलते हुए हमें स्वच्छ पर्यावरण मुहैया करवाने में अथक परिश्रम करते हैं.... ,हम उनका सम्मान करने की बजाय स्वहित के लिए उन्हें क्षति पहुंचाने में अपना निरर्थक योगदान देने से किंचित भी हिचकिचाते नही है।

हाथ में पकड़ी फूलों की डलिया से हाथों की पकड़ ढीली होने लगी थी ...पर बिना फूलों के खाली डलिया लेकर घर पहुंचना जोखिम का काम

था...इसलिये मैं उसके बाल मन को संतुष्ट करने के लिए पार्क में रखी बेंच पर बैठ गया।और उसे भी गोद में बिठा कर समझाने का प्रयास करने लगा...

"देखो हीर बेटा ये जो फूल होते हैं ना...कुछ ही दिनों के मेहमान होते हैं,बहुत कम उम्र होती है इनकी...उम्र की तय सीमा खत्म होने पर ये मुरझा जाते हैं या पत्ता-पत्ता होकर बिखर जाते हैं....।यदि मुरझाने के पहले ये ईश्वर को अर्पित हो जाते हैं ,तो इनका खिलना सार्थक हो जाता है।फूलों से ईश्वर का अभिषेक कर हम अपने चित्त के साथ-साथ ईश्वर को भी प्रसन्न करने का प्रयास करते है...।"

" फिर पापा ..."वह गोद से छिटक कर लगभग दौड़ते हुए क्यारियों में लगे एक बोर्ड के पास जाकर खड़ी हो गई।जिस पर बड़े-बड़े अक्षरों में हिदायत लिखी थी फूल तोड़ना मना है

मैं उसका आशय समझ गया और कुछ न कहते हुए उसे गोद में उठा कर चूम लिया।उसे सीने से लगाते हुए मैंने महसूस किया,जैसे वह कह रही हो कि,पापा.. ...

फूल डालियों पर खिले,
डाली पर रह जाने दो।
जितनी उम्र मिली है इनको,
उतना तो मुस्काने दो।

9

जाने भी दो

'पाँच बजने वाले हैं जीत..उस्ताद जी आये नही अब तक।दूध और नाश्ते का सामान वगैहरा सब उनके पास हैं...आ जाएं तो बनाना शुरू करें।'

'ठीक कह रहे हो गुरप्रीत ।रोज तो चार सवा तक आ ही जाते हैं।अब तक तो आधा काम हो गया होता...।छै बजे तो जरूरमन्दों की कतार लगना शुरू हो जाती है।यहाँ से चाय नाश्ते के बाद उन्हें हॉस्पिटल में लगने वाली टोकन की कतार में लगने की जल्दी भी तो होती है...।'

'मैंने तो अपनी ओर से पूरा सेटअप लगा दिया है।साफ सफाई भी कर दी है पूरे प्रांगण की...।चाय का पानी भी गैस पर रख दिया है...'

'दो तीन बार फोन लगाया उठाया ही नही उन्होंने...।आज नींद नही खुली उनकी शायद ...वरना सेवा के मामले में तो वह कभी लापरवाह नही होते...बस!!स्वास्थ ठीक होना चाहिए उनका।बहुत सेवा करते हैं उस्ताद जी हॉस्पिटल में दूर दराज से इलाज के लिए आने वाले लाचार बेबस जरूरतमंदों की।बहुत बड़ा दिल है उनका।' गुरप्रीत उस्ताद जी की प्रशंसा करते भाव विव्हल होने लगा था...।

'चलो फिर से फोन लगाता हूँ उन्हें...'जीत मोबाइल पर उनका नम्बर डायल करने लगा....।

'काट दे जीत फोन...आगये उस्ताद जी...।'

जीत ने मोबाइल ऑफ किया और दौड़ पड़ा गाड़ी के पास नाश्ते का सामान निकालने के लिए...।

'अरे ये क्या हुआ गाड़ी को उस्ताद जी...?' दोनों ने आश्चर्य व्यक्त करते हुए पूछा

'कुछ नही हुआ गुरप्रीत...साइड ग्लास और गेट ही डैमेज हुआ है...हेडलाइट का ग्लास टूटा है बस ...।वैसे गाड़ी का बीमा है...चिंता की कोई बात नही है '

'चलो-चलो काम शुरू करो....वैसे ही लेट हो गया है...'

पतीले में गर्म हो रहे चाय के पानी में दूध डालते हुए जीत ने उस्ताद जी से फिर पूछने की कोशिश की...'

' ये हुआ कैसे उस्ताद जी...'

'अरे!! आज नींद वैसे ही देर से खुली और यहाँ जल्दी पहुँचना था...और ऊपर से रास्ते में एक साइकिल सवार भिड़ गया... वो तो मैंने ब्रेक लगा दिए टाइम पर, वरना....।'

'उसको भी तो लगी होगी उस्ताद जी...साइकिल भी मिट गई होगी बेचारे की....' गुरप्रीत ने साइकिल सवार के प्रति हमदर्दी जाहिर करते हुए पूछा...

' पता नही....सुबह-सुबह मार्निंग वॉक वाले गाड़ी को घेरते इसके पहले ही मैंने गाड़ी रिवर्स करते हुए आगे बढ़ा ली...।रुक जाता तो यहाँ टाइम पर कैसे पहुँचता भला .... पुलिस के झमेले में पड़ता सो अलग....।'

'लगी तो होगी निश्चित ही उसे...।पता नही बेचारे के पास पैसे हैं अथवा नही....आपको रुककर उसकी पूछपरख लेनी चाहिए थी उस्ताद जी...' गुरप्रीत ने कुर्सी पर निश्चिंतता के साथ आराम फर्मा रहे उस्ताद जी अंततः अधिकार पूर्वक कहा...।

'अरे!!जाने भी दो अब...वो तो खुद ही आ भिड़ा गाड़ी से....मैं भी क्या करता...। ऐसे ही सबके प्रति सोचते रहे तो हो गई सेवा। चलो काम पर ध्यान दो....लोग आना शुरू हो गए हैं....'

गुरप्रीत अब भी उस्ताद जी के इस रवैये से परेशानी महसूस कर रहा था ।और उस्ताद जी कतारबद्ध खड़े लोगों को हिदायत देते हुए अनाउसमेंट कर रहे थे .....

'सभी से बेनती है कृपया लाइन से आकर नाश्ता चाय लें....शाम के भोजन की व्यवस्था भी यहाँ रोज होती है..आप लोग आ सकते हैं...कृपया

दूरी बनाए रखे..साफ सफाई का ध्यान रखें वगैहरा-वगैहरा....'
लोग नाश्ता लेकर आगे बढ़ते जा रहे थे ।पर गुरप्रीत और जीत जी की सोचने की शक्ति उस्ताद जी के रवैये से जाम हो चुकी थी।
उनके सामने तो अब भी उस साइकिल सवार का दर्द से कराहता चेहरा घूम रहा था।काश!!वह उसके लिए कुछ कर पाते....।

10

देश में विदेश

‘पापा आपको पता है आज प्रिंसिपल मैडम हमारी क्लास के बच्चों को पिकनिक पर ले जा रही हैं ’ अनुराधा बड़े लाड़ से पापा के गले में गलबहियाँ डालते हुए बोली ।

‘अच्छा...कौनसा स्पॉट चुना है भई उन्होंने बच्चों को घुमाने के लिए ’

‘पता नही...बस इतना ही कहा है सबसे, कि सब बच्चों को अपने अलावा एक दो लोगों का लंच एक्स्ट्रा लाना है....।’

‘पिछली बार वह हमें दिव्यांग बच्चों के स्कूल ले गई थी।तब भी मम्मी से कहकर अधिक खाना ले गई थी मैं.... बड़े प्यार से खाया था उन्होंने सब बच्चों द्वारा लाया खाना...हम सबने उनके साथ दिन भर खेलते हुए बहुत इंजॉय किया था तब....।उन्होंने भी जी भर कर मस्ती की थी हम लोगों के साथ..’

‘हो सकता इस साल फिर किसी ऐसी ही जगह ले जाने का इरादा हो मैडम का.....।’ पापा न कहा

‘ठीक है अनु...चली जाना बना तो दिया है तुम्हारे मन मुताबिक लंच ’ मम्मी जी ने सातवीं कक्षा में पढ़ रही अनुराधा को तैयार करते हुए कहा...।

‘पर मम्मी मुझे एक बात समझ नही आई उन्होंने इस बार सबसे अपने-अपने घर से पुरानी साड़ियाँ और मर्दाना कपड़े जो घर के बड़े लोग नही पहनते हैं, क्यों मंगवाए होंगे ... ’

अनुराधा के मम्मी पापा की नजरें यकायक एक दूसरे की ओर उठी और आँखों-आँखों में ही दोनों ने परस्पर जवाब तलब कर लिया ।

'निकाल दूंगी पुराने कपड़े...तुम्हारे दादा-दादी के...ट्रंक में रखे हैं बहुत सारे ...ले जाना...'

दादा दादी के नाम से ही अनुराधा को दो ढाई साल पहले का वो दिन याद हो आया जब पापा दादा दादी को एयरपोर्ट छोड़ने जा रहे थे ।पापा ने बताया था दादा दादी कनाडा ताऊ जी के पास जा रहे हैं फ्लाइट से।उस दिन वह दोनों के पैरों से लिपट कर बहुत रोयी भी थी।उन्होंने भी गोद में उठा कर बहुत सारी पप्पियों से उसके गाल गीले कर दिए थे।सोचते-सोचते उसके हाथ अपने आप अपने गालों को सहलाने लगे।महसूस हुआ आँखों से कोई झरना सा फूट कर गालों पर आ गया है।

चलो अनुराधा रखो सामान और टिफिन गाड़ी में।टाइम से स्कूल पहुँचना है न तुम्हे....।हम दोनों को भी ऑफिस जाना है तुम्हे छोड़ कर....।

स्टेट म्यूजियम की सैर के बाद जैसे ही स्कूल बस ओल्ड एज होम के सामने रुकी और मैडम ने सबको बस से उतरने के।लिये आवाज लगाई 'चलो सब उतरिये...आज हम सब यहाँ रह रहे बुजुर्गों के साथ लंच करेंगे ।शाम तक हम सब उनके साथ ही समय बिताएंगे ।जिसकी जिस गेम में रुचि है वह अपनी जोड़ी बना कर खेल सकता है।सभी अपने बैग और टिफिन हमें दे कर थोड़ी देर को खेल लो...'।

सभी बच्चे बड़े उत्साह से बस से उतर कर प्रांगण में दाखिल हो गए ।सब बच्चों को अपने दादा-दादी और नाना-नानी की उम्र के बुजुर्ग अपनी ओर प्यार भरी नजरों से देखते हुए दिखाई दिए।

अनुराधा ने भी टिफिन और कपड़े का बैग मैडम को दिया और दौड़ पड़ी सहेलियों की ओर...।

अनायास उसकी आँखों को किन्हीं खुरदुरे हाथों ने मींच लिया..।उसने दोनों हाथों से खुद को छुड़ाने की कोशिश की... पर बेकार गई...। 'आप कौन है... मेरी आँखों से हाथ हटाइये जल्दी...बहुत दुख रहा है...छोड़िए न मुझे...' वह थोड़ी देर में ही छटपटाने लगी थी...

'मुझे पहचाना नही अनु बिटिया....' और इतना कहते ही उन्होंने अनु को अपनी पकड़ से मुक्त कर दिया । पर दूसरे ही पल वह किसी की बाहों में

कैद थी। ‘ देखो भागवान आज इतने सालों बाद हम अपनी पोती से मिल रहे हैं...।’ अनुराधा ने ध्यान से दोनों चेहरों का परीक्षण किया और उन्हें पहचानते ही वह दंग रह गई।

खुशी और आश्चर्य मिश्रित भाव उसके चेहरे पर अठखेलियाँ करने लगे...वह लगभग चिल्लाते हुए दादा दादी से लिपट ही गई।

उसकी बाल बुद्धि ने भी उनके यहॉ होने का आशय समझते उसे देर न लगी,और वह दौड़ कर मैडम जी के पास चली गई...दादा-दादी भी उसके पीछे दौड़े...

‘ मैडम जी फोन लेकर उसने पापा को डायल किया ’पापा अनु बोल रही हूँ कनाडा से...आपने बताया नही पापा... कनाडा हमारे शहर के बीचों बीच है...अब मैं यही रहूंगी अपने दादा-दादी के पास...मुझे अब लेने मत आइयेगा...'

और इतना कहते ही वह फ़फ़कते हुए फिर से दादा-दादी की बाहों में सिमट गई....।

11

ऋतु बदल गई है

‘सुनो जी...आपकी वर्जिश पूरी हो गई हो तो कुछ मन की बात कहूँ आपसे ’ अमृता ने जसबीर से थोड़ा झिझकते हुए पूछा

‘अरे अमृत...! तुझसे कितनी बार कहा है चिंता मत किया कर....तेरी सेहत के लिये ठीक नही है ये सब...’ जसबीर ने टॉवेल से पसीना पोंछते हुए समझाने की कोशिश की...।

‘ नही जी चिन्ता जैसी तो कोई बात नही है...मैं तो बस इतना कह रही थी कि...’ उसने उनका मूड भांपते हुए मन की बात जारी रखी...‘ चलो न इस बार मिल आते हैं ऋतु और बच्चों से.... शादी के बाद एक बार ही तो आ पाई थी वह...पहले ही साल ईश्वर ने उसे एकसाथ दो औलादों का सुख दे दिया....।फिर बंध गई अपनी ऋतु उनकी परवरिश में...।’

फिर थोड़ा साँस लेते हुए बोली ‘क्यों जी...हमने कहीं जल्दी तो नही की उसे ब्याहने में....।अभी तो उसे मैं घर गृहस्थी की ऊँच-नीच,ससुराल में रहने के तौर तरीके भी नही समझा पाई थी....’

‘इस सबके लिए उसके पास वक्त ही कहाँ बचता था...दिन रात किताबें,पढ़ाई,ग्रेजुएशन पूरा करने की धुन में ही तो रमी रहती थी वह ....’ जसबीर ने भी गहरी श्वांस छोड़ते हुए कहा

‘वो तो अच्छा रिश्ता आया...संजोग बने और कर दिया बिदा उसे...आखिर एक न एक दिन ब्याहना ही तो था बिट्टो को...’

‘ छोड़ो अब वह सब ...चलो न इस बार चलते हैं , फोन कर देते हैं

उसे...परसों दोनों बच्चों का जन्मदिन भी है...वहीं सेलिब्रेट करेंगे...देख आयेंगे दो तीन दिन रहकर उसकी सास का स्वभाव....वैसे देखने सुनने में तो बहुत अच्छी ही लग रही थी....'

'तुम भी न जसप्रीत...आज दो-तीन सालों में ऋतु ने कोई शिकायत की है उनके बारे में...हमेशा गुणगान ही करते सुना है उसको फोन पर .....दामाद जी..देवर सभी के सहयोग से ही तो वह दोनों बच्चों को ठीक से संभाल पा रही है...'

'आप पिता हैं न...माँ के दिल की धुकधुकी आपको कहाँ सुनाई देगी.. एक बार आँखों से जा कर देख आऊँ, तभी तसल्ली होगी मुझे...यहाँ तो उसे एक काम नही करने देती थी मैं... वहाँ जा कर लग गई होगी चूल्हे-चौके में... और दामाद जी ने भी बढ़ा लिया परिवार पहले ही साल...बेचारी को सम्हलने का मौका ही नही दिया...'

'तुम अब कुछ भी कह लो....मुझे तो चिंता होती है...' अमृता ऋतु के यहाँ चलने के लिए जसबीर को पूरी तरह राजी करने में लगी थी,कि तभी जसबीर का मोबाइल बज उठा .....

' हैलो ...अरे ऋतु कैसी हो...बच्चे कैसे हैं...'

ऋतु का नाम सुनते ही अमृता के कान खड़े हो गए..चेहरे के रँग तब्दील होने लगे...'लाओ लाओ मुझे दो मोबाइल ....' कहते हुए उसने जसबीर से मोबाइल झटक ही लिया... ' हाँ बेटा मम्मा बोल रही हूँ..कैसी है तू....हम लोग तो कल तेरे घर.....'उसकी बात बीच मे ही रह गई

'अरे मम्मा मैं बिल्कुल ठीक हूँ... आप थोड़ा साँस ले लें जरा फिर बताती हूँ...' ऋतु ने हाँफती हुई अमृता को बीच में ही रोक दिया था।

फिर थोड़ा रुकते हुए बोली ' मम्मा जी हम सब कल आपके पास आ रहें हैं...बच्चों का बर्थ डे वहीं मनाएंगे...बच्चों के दादा-दादी भी रहेंगे साथ....आप किसी किस्म की चिंता नही करना...इन्होंने ऑनलाइन होटल वगैहरा सब बुक कर लिया है...आप लोगों को कोई व्यवस्था नही करनी है...देवर जी सब सँभाल लेंगे...'

'पर बेटा हम लोग तो....'

'अब रखिये मम्मा कल वहाँ आकर ही बात करूंगी...अभी मुझे अपनी सहेलियों को भी पार्टी का निमंत्रण देने के लिए बहुत सारे फोन करने

हैं...ठीक है.. पापा को भी बात देना सब बातें....'

अमृता जसबीर को फोन देते हुए उसके सीने से लग गई... ।जसबीर की नजर खिड़की से होती हुई बाहर के आसमान पर गई...थोड़ी देर पहले आसमान पर छाए चिंताओं के बादल पूरी तरह छंट चुके थे....चिड़ियाएं घर की मुंडेर पर चहचहाने लगी थी...। उनकी चीं-चीं सुन अमृता मुंडेर पर दाना पानी रखने के साथ खुले आसमान को देखते हुए महसूस कर रही थी कि ऋतु पूरी तरह बदल गई है..... सँभल गई है.....।

12

अवध

‘ क्या बाबूजी आप भी कैसे-कैसे दोस्तों के साथ महफ़िल सजा लेते हैं घर में....जिन्हें सोफे पर ठीक से बैठने का सलीका भी नही आता... दोनों पैर ऊपर रख कर बैठते हैं वो आपके घनिष्ठ प्रसादीलाल ...।’

‘ और वो आपके लँगोटिया यार गज्जू चाचा....

उनका सुड़ुक-सुड़ुक चाय पीना भी वाहियात लगता है मुझको। क्या सीखेंगे मेरे बच्चे आप लोगों के रहन-सहन से....।’

अनुज मनसुख को डांट पर डांट लगाए जा रहा था।और वह एक मूक प्राणी सा बिल्कुल निर्विकार एकटक शून्य में ताके जा रहे था....। देखते ही देखते शून्य का दायरा बड़ा होता गया...और उभरने लगे उसमें बरसों पुराने अवध की अठखेलियों के धूल धूसरित पारदर्शी दृश्य....

‘अरे मनसुख ..कहाँ हो भई सँभालो अपने बिट्टुआ को....बहुत दूर तक सैर करा कर लाये हैं हम अपने अवध को....देखो पूरे कपड़े गंदे कर दिए हमारे...गोद से उतरते ही नही लाट साहब.... ’ गजेंद्र ने अवध को नीचे उतारते हुए कहा

‘ क्यों अवध थका दिया न चाचा को...क्या करें हम गजेंद्र जिद करता है तुम्हारे साथ ही घूमने जाने के लिए...तुम भी तो आ जाते हो इसे हर रोज अपने साथ ले जाने के लिए...सच में तुम्हारे प्यार ने ही इसे बिगाड़ दिया है ..’ मनसुख ने भीतर दौड़ लगाते अवध को देखते हुए कहा...

'तुम तो जानते ही हो मनसुख मैं और तुम्हारी भाभी बच्चों से कितना प्यार करते हैं ।जब से हमें पता चला है कि हमारे जीवन में औलाद का सुख नही है तो हम तो अवध पर ही प्यार लुटा कर उस ममतामयी सुख को महसूस कर लेते हैं....' कहते-कहते गजेंद्र की आँखों में नमी सी आ गई थी उस समय...

मनसुख को यह स्वीकार करने में जरा भी हिचकिचाहट नही थी कि, अवध के शून्य से जीवन को अंक दर अंक सँवारने में गजेंद्र ने महत्वपूर्ण भूमिका निभाई थी ।उस समय गजेंद्र ने ही अवध की डगमगाती पढ़ाई का जिम्मा लेकर उसे प्रतिष्ठत स्कूल कॉलेज की पढ़ाई करवाई थी । वह स्वयं तो इतना सम्पन्न था नही कि अवध का भविष्य बना पाता । आज अवध जिस मुकाम पर था वह गजेंद्र चाचा की बदौलत ही संभव हो पाया था ।

'क्या सोचने लगे पापा....कौनसी दुनिया में खो गए हैं...बाहर आइये अपनी उस कसमसाहट भरी दुनिया से...आपका बेटा अफसर बन गया है अब...शान से जीना सीखिए...थोड़ा बदलिए अपने आपको मेरे स्टैंडर्ड के हिसाब से...उन्हीं लोगों से मेलजोल रखिये जो हमारे लेवल के हैं....'

अवध के अहंकार भरे शब्द मनसुख के हृदय को सुख पहुँचाने की बजाए भेदते जा रहे थे....वह बेबस सा भली भांति महसूस कर रहा था कि, अवध अपने पैरों पर खड़े होते ही अपने मूल धरातल को छोड़ कर हवा में उड़ने का मानस बना चुका है और ऊँचाइयाँ छूने की धुन में उन सभी संस्कारों का, ऊंची शिक्षा का वध करते जा रहा है, जो उसे गजेंद्र चाचा की बदौलत ही हासिल हुए थे...।

13

ठिठोली

जैसे ही सिरहाने रखा मोबाइल घनघनाया अनुराधा ने विवेक को लगभग झंझोड़ते हुए उठाया ' अरे जरा देखिये तो सही आधी रात को कौन परेशान कर रहा रहा है...'

विवेक ने आँख मलते-मलते फोन अटैंड किया ' हैलो..कौन है भई आधी रात को....'

' अरे विवेक अंकुर बोल रहा हूँ...सो गए थे क्या..तुम्हे एक जरुरी सूचना देनी थी न...इसलिये सुबह तक रहा नही गया मुझसे...। तुम्ही तो हो मेरे खासमखास मित्र...तुमसे ही तो शेयर करता हूँ सब बातें...'

'ठीक है...ठीक है..बोलो क्या हो गया ऐसा जो सुबह होने का इंतजार भी नही किया तुमने....तुम्हारी भाभी दिन भर की थकी हारी अभी अभी सोई थी कि तुमने खलल डाल दिया...'

'अरे विवेक बात ही कुछ ऐसी थी ....मैं भाभी जी से सुबह घर आकर माफी मांग लूंगा....चाय भी पिऊँगा तुम्हारे साथ...'

'ठीक है अंकुर अब फोन करने की वजह बताओगे भी या यूँ ही बकबक करते रहोगे..' विवेक ने पत्नी की ओर तिरछी निगाह से देखते हुए उसे डाँट लगाई..।

'अरे वो राजेश था न राजेश नागपाल...अपने नीचे काम करता था । जूनियर था अपना...। ऑफिस में तुम्हारी तो बहुत सेवा किया करता था....टेबल के नीचे से '

'हाँ तो क्या हुआ उसको अचनाक...। '

'अरे कुछ नही तबियत ढ़ीली सी रहती थी उसकी इन दिनों....मुझे आज शाम को ही खबर लगी...। तुम्हारा तो फ़ोन ही नही लग रहा था...शाम से ट्राय कर रहा हूँ...अब जाकर लगा है...मैं शाम को गया था उसके घर....'

'ठीक है... अब मुद्दे पर आओ भई ....क्या हो गया उसे यकायक...सुबह चले चलेंगे उसके घर...'

'अरे!!ऐसा कुछ नही हुआ मेरे दोस्त.....तुम कुछ उल्टा सीधा मत सोचने लग जाना....वह तो आज रिटायर्ड हो गया है...बस यही खुशखबरी देनी थी तुम्हें....सुबह आ रहा हूँ तुम्हारे यहाँ उसे लेकर ...चलेंगे तीनों किसी अच्छी जगह होली पर थोड़ा मस्ती करने...तुम सुबह तक कोई अच्छा सा स्पॉट सोच कर रखना.....वहीं लेंगे उससे पार्टी...'

वह लगातार बोल जा रहा था और अनुराधा खा जाने वाली नज़र से विवेक को घूरे जा रही थी....उधर से आवाज अभी आ रही थी...

' बुरा मत मानना विवेक....भाभी जी से तो सुबह माफी मांग ही लूँगा मैं....होली है भई.... अब इतनी हँसी ठिठोली तो बनती है यारों में...अब सो जाओ चैन से.... हैप्पी होली....'

14

शोध कथा

प्राथमिक शिक्षा ग्रहण करते हुए बचपन में पढ़ी गई बाल रचनाओं को आप आज के परिवेश में कैसे देखते हैं?

वार्षिक परीक्षाओं के हिंदी प्रश्नपत्र में पूछे गए उपरोक्त प्रश्न के जवाब में एक युवा परीक्षार्थी का यह उत्तर सर्वश्रेष्ठ चुना गया।

प्रभु की धरती पर अपनी प्रभुता बनाये रखने के लिए सियासती खरगोश बहका लेते हैं आज भी बड़ी चालाकी से दहाड़ते हुए शेरों को। और शेर लगा देते हैं छलांग राजनीति से घिरे मौत के कुएं में ......। यह बात अलग है कि यही खरगोश हार जाते हैं कभी-कभी पिछड़े हुए कछुओं की धीमी चाल से....।

इसी क्रम में आज भी जारी है, सत्ता की रोटी के लिए बिल्लियों की लड़ाई और रोटी हजम करने के लिए उत्पाती बंदरों की बंदरबांट...।

आज भी धूर्त लोमड़ियाँ आम जनता की स्तुति कर लपक लेती हैं उनकी चोंच में दबा अधिकारों का निवाला। और जनता कांव-कांव करते हुए कोसती रहती है अपने भाग्य की अवांछित लकीरों को....।

यह बात अलग है कि, लोमड़ियाँ कितनी ही चालाक क्यों न हों तोड़ नही पाती लोकतंत्र के अंगूरों का सामूहिक गुच्छा...।

आज की जागरूक जनता तो बड़ी धैर्यशीलता से अपने छोटे-छोटे समाधानों को चुग कर डालती रहती है व्यवस्था के मटके में। अपनी इसी लगनशीलता की बदौलत वह सफल हो जाती है एक दिन मटके के

तल से लगा अधिकारों का अमृत पीने में....।
वैसे तो प्रजातंत्र में हर व्यक्ति चख सकता है अपने हक का अमृत, पर शर्त सिर्फ इतनी है कि, वह सतर्क रहें हमेशा आबादीनुमा जंगलों में विचरते विषैले जंतुओं की अमृतरस छलकाती पर दिग्भर्मित करती मीठी जुबानों से।
और इसी के साथ सतर्क रहना होगा जनता को कदम-कदम पर उसे फाँसने के लिये बिछाए गए जालों से
उत्तर पुस्तिका जाँचने वाले शिक्षक महोदय ने इस उत्तर को शोध कथा का ताज पहनाते हुए सर्वश्रेष्ठ करार देते हुए अपने हस्ताक्षर की मुहर लगा दी।

15

ईमानदार कीड़े

'न जाने कहाँ-कहाँ से आ जाते हैं भिखमंगे चोर उठाईगिरे... अरे पांडु बाहर निकाल इस भिखारिन को...कब से ताका झांकी कर रही है भीतर...'
'नही नही बाबू मैं भिखारिन नही हूँ' वह अपने चेहरे से मास्क हटाते हुए बोली... 'मुझे तो ईमानदार साहब ने भेजा है आपके पास काम के लिए...। यह चिठ्ठी भी दी है ।'
बाबू ने उसके हाथों से चिठ्ठी झटक ली और पैनी नजरों से उसका निरीक्षण करते हुए बोला 'पहले क्यों नही बताया ईमानदार साहब ने भेजा है..'
' माफ कर दो बाबू अपने स्वाभिमान को परखने में साहब का जिक्र करना भूल गई थी...'
' ठीक है ठीक है....पांडु इसे अंदर ले ले...साहब ने भेजा है....बिठला दे ऑफिस में जरा करीने से...साहब भी आते ही होंगे...।' उसकी नजरें अभी भी महिला के पैबंद लगे वस्त्रों के भौतिक सच का पर्दाफाश करने में लगी थी ।
पांडु हुक्म का पालन करने के साथ उसे साहब के केबिन में बिठलाते हुए कानाफूसी के अंदाज में कुछ समझाने का अभिनय कर रहा था और बाबू ईमानदार साहब की प्रतीक्षा में केबिन के शीशे के पार बैठी महिला को देखते हुए मन ही मन कुटिल अंदाज में मुस्कुरा रहा था , क्योंकि आज फिर स्वाभिमान को डसने में एक ईमानदार कीड़े को सफलता मिलने

वाली थी ।

16

बेवक़ूफ़

'क्या सविता दो बच्चों की माँ हो तुम...अभी तक तुम दुनियादारी निभाने का सलीका नही सीख पाई...दिन रात घर की सफाई,बच्चों की पढ़ाई और मुझसे ढिठाई....पूजा घर से रसोई और रसोई से घर आँगन बुहारने के सिवा तुमने कुछ सीखा ही नही....जानती हो ऐसी औरतों को समाज में बेवकूफ कह कर बुलाते हैं...जो दिन रात घर में ही खटती रहती हैं...।वो अंजू को देखो तुम्हारी चचेरी बहन..पति के काम में पूरा हाथ बंटाती है...बैंकिंग और शेयर मार्केट के सारे कामों में सिद्धहस्त है वो...तुमने तो कभी घर के अलावा और कुछ सीखने की कोशिश ही नही की...'
'ठीक है..ठीक है राजन....मानती हूँ अंजू ज्यादा पढ़ी लिखी है,पर उसके बच्चे एक ही क्लास में दो-दो बार फेल हो रहे हैं...पति शराब में मदमस्त हो घर आता है... उसकी सासू माँ 'आया' के भरोसे बिस्तर पर ही अपनी अंतिम साँसे गिन रही हैं..उस सबका क्या...? कहने दो सबको मुझे बेवकूफ, पर तुम तो मत कहा करो....पता है तुम्हारे बार-बार मुझे बेवक़ूफ़ करार देने से मेरे दिल को कितनी चोट पहुंचती है....देखो,तुम्हारे घर और बच्चों की परवरिश से बढ़कर मेरे लिए और कुछ भी मायने नही रखता..समझ गए....' कहते हुए सविता ने राजन को सुबह की चाय थमाई और बिस्तर की सलवटें ठीक करने लगी।
' चलिये चाय पीजिए और मेरे आने तक फ्रेश हो जाइए...मैं बच्चों को स्कूल बस में बिठा कर आ रही हूँ...माँजी भी मंदिर से आती ही

होंगी...लौट कर मुझे नाश्ता भी बनाना है।'

अभी वह नहा कर बाहर आया ही था कि,कॉलोनी के गार्ड की आवाज सुनाई दी 'राजन साहब!!!जल्दी बाहर आइये...सविता मैडम का एक्सीडेंट हो गया है....बच्चों को बस में बिठा कर लौट रही थी मैडम...रोड क्रॉस करते हुए एक कार उन्हें टक्कर मारते हुए निकल गई साहब...मेरी आँखों के सामने....पता नही कौन सी चिंता में खोई हुई थीं वह...' बहादुर एक साँस में ही सब वाक्या कह गया..।

राजन जैसे-तैसे अस्त-व्यस्त कपड़े पहनते हुए खुद को संभालता हुआ दौड़ते हुए बाहर भागा..और बहादुर का थरथराता हाथ पकड़ घटना स्थल पर पहुँचा... बेवकूफ सविता खून से लथपथ लगभग कराहती हुई सड़क पर पड़ी थी। मोबाइल से फोटो खींचती संवेदनहीन भीड़ को चीरता हुआ वह उसके पास घुटनों के बल बैठ गया।बहादुर के फोन करने पर एम्बुलेंस तो आई...पर तब तक बहुत देर हो चुकी थी...।

' राजन...राजन बेटा..' कंधे पर ममतामयी माँ के हाथ का स्पर्श पाते ही उसकी तन्द्रा भंग हुई । ' बेटा वो औरतें सविता को नहलाने ले गईं हैं...अंतिम बिदाई देनी है न बहू को...जरा उसकी अलमारी से शादी वाली लाल साड़ी निकाल कर दे,जिसे पहन वह पहली बार इस घर में आई थी ..'

वह तत्काल लेकिन कमजोर कदमों से भीतर आकर अलमारी खोलने का प्रयास करने लगा...। 'माँ आप ही निकाल लो ढूंढ कर वह लाल साड़ी....'

माँजी ने अलमारी में रखे अन्य कपड़ों के सबसे नीचे दबी वह साड़ी खींच कर बाहर निकाली.....।खींचते हुए साड़ी के तहें खुल गई और तहों के बीच दबे जेवरात और बेतरतीब रखे नोटों के साथ एक लिफाफा फर्श पर गिर गया । पास खड़े उसके दोस्त ने नीचे गिरा सारा सामान समेटा और लिफ़ाफे सहित उसे थमा दिया।

अपना नाम लिखे लिफ़ाफे के भीतर रखे ख़त के मज़मून को भीगी आँखों से उसने पढ़ना शुरू किया...' राजन मैं तुमसे बहुत प्यार करती हूँ...अपना फर्ज निभाते हुए मुझे कभी कुछ हो जाये तो ये धन संपदा जो मैंने तुम्हारे दिए मासिक घरखर्चों की बचत से जमा की हैं...गुड्डो और राजू की ऊँची पढ़ाई में खर्च कर देना ...। मैं तो अपनी माँ से बचत करना और परिवार

की खुशहाली के लिए जी जान से समर्पित होना ही सीख पाई । तुम बच्चों को वह सब सिखाना जो तुम्हारी बेवकूफ पत्नी नही सीख पाई । काश!!तुमने मुझे कभी वह सब सिखाने की कोशिश की होती...अपने हर काम में मुझे स्वयं ही शामिल किया होता....मैं तो थी ही पैदायशी बेवकूफ...पर तुमने भी कभी अपनी ओर से मुझे अक्लमंद बनाने की पहल नही की...।'

ख़त पूरी तरह उसकी पथराई आँखों से टप टप टपकते आँसुओं से भीग चुका था....। आज एक बेवकूफ़ पत्नी अपनी अक्लमंदी से समझदार पति को बेवकूफ़ साबित करते हुए अपने अंतिम सफर के लिए तैयार हो रही थी लाल जोड़े में....।

17

पालने में जीवन रेखा

'तो फिर क्या सोचा जीवन तुमने.....तुम्हारी हामी के बिना मैं भी किसी निर्णय पर नही पहुँच पा रही हूँ ।' रेखा ने बहुत ही प्यार भरे अंदाज से जीवन से पूछा..

"प्रकाश भाऊ की बेटी कल डिस्चार्ज हो रही हैं पूरे एक महीने बाद संयमित हुई हैं उसकी साँसे ...तुम चाहो तो मेरी बंजर गोद हरी हो सकती है...तुम्हारी एक हाँ तुम्हे भी पिता बनने का गौरव दिलवा सकती है...'

'नवजात बेटे को लेकर प्रकाश भाऊ भी बहुत चिंतित है...एक तो उसके जन्मते ही किरण ने दम तोड़ दिया...ऊपर से उनके माता पिता ने भी बच्ची पर मनहूस का ठप्पा लगाते हुए उसे अपनाने से इंकार कर दिया।'

'अब ईश्वर की मर्जी के आगे उस बच्ची का भला क्या दोष...कल आये तो कह रहे थे मुझसे....आपसे और माँजी से पूछने के लिये । हमें आज ही किसी निर्णय पर पहुँचना होगा।'

'तुम्हारी तरह मैं भी चिंतित हूँ रेखा...उस दिन से ही जिस दिन किरण ने प्रकाश की बाँहों में अंतिम साँस ली थी..मेरे सामने ही।वह बेचारी तो बेटी का मुँह भी नही देख पाई और बिदा हो गई...झेल नही पाई बेचारी ऑपरेशन की पीड़ा...और प्रकाश की मम्मी के ताने..'

'तुम्हारी तरह मैं भी तो चाहता हूँ हमारे आँगन में उछलकूद हो...किलकारियाँ गूंजे...तभी तो तुम्हे पालना घर खोलने की अनुमति देकर माँ बाबूजी ने भी इस आँगन को आबाद करने में दिल से सहयोग

किया है..।'
'वो तो ठीक है जीवन पर इस विषय में माँजी की भी स्वीकृति जरूरी है न...वह अपनाएंगी बिन माँ की बेटी को...बेटा होता तो शायद ....तुम एक बार माँजी से भी पूछ लो न..'
जीवन कोई जवाब देता इसके पहले ही दरवाजे पर दस्तक सुनाई दी...माँजी थी...खाली पालने को धीरे-धीरे धकेलते हुए भीतर आ गई थी वह...'बहू तुमने ऐसा कैसे सोच लिया कि,मैं बेटी को अपनाने से इंकार के दूँगी ....बेटियाँ अभागी नही होती बहू ...अभागे होते हैं वह माँ बाप जो बेटा बेटी में फर्क करते हैं ....'
माँजी भावना में बहती ही जा रही थी..."बच्चों मैं तो बारह सालों से इस पालने को झुलाने की प्रतीक्षा कर रही हूँ.... ये देखो हर साल मैं इनमें एक घुँघरू बढ़ा देती हूँ... देखो...देखो...कितनी मधुर झंकार है इनकी...अरे मैंने तो लोरियाँ भी कंठस्थ कर रखी है ...ले आओ बिटिया को घर और डाल दो इस सूने पालने में.....।" कहते कहते वह ज्यों ही लड़खड़ाई जीवन रेखा ने उन्हें अपनी बाँहों में समेट लिया....। खुशी के मारे सभी की डबडबाई आँखे पालने को झुलाये जा रही थी...और घुंघरुओं की आवाजें वातावरण की खामोशी को तोड़ने में कामयाब हो रही थी...।

18

जेवर

‘ शिवेंद्र सारी चीजें रख ली हैं न...देखना कुछ छूट न जाये...’

‘ जी मम्मी जी सब रख लिया है...बड़े चाव से खरीदे थे शिवानी ने ये महँगे परिधान...कई साड़ियां कुर्ते तो वह अभी पहन भी नही पाई थी ...बहुत शौक था उसे सजने संवरने का....कपड़ों के साथ-साथ मैंने उसके साज श्रंगार का भी सारा सामान रख लिया है ।यहाँ तक कि उसकी चप्पलें जूतियाँ भी रख ली हैं एक थैले में.....। बस उसके जेवर बाकी रह गए हैं ।और वह तो सब आपके पास हैं...उन्हें भी दे दीजिये...। मैंने तो उसके नाम की एफ.डी. भी तुड़वा कर सारा फंड आनंदआश्रम के अकाउंट में ट्रांसफर कर दिया है ।’

फिर एक लंबी श्वांस छोड़ते हुए बोला ‘ उसकी इस्तेमाल की गई हर चीज मुझे परेशान करती है...उसकी कोई भी निर्जीव निशानी अब अपने पास नही रखना चाहता मैं, सच कहूँ तो मैं उसे सिरे से भुलाना चाहता हूँ..’ बोलते बोलते उसका गला रुंध गया था । बस! हिचकियाँ निकलना ही बाकी थी ।

उसने आँखों की कोर से लुढ़कने वाले आँसुओं को माँ से छुपाने के लिये आँखों पर चश्मा चढ़ा लिया....।

‘माँ अब जाओ भी भीतर ले आओ न शिवानी के सारे जेवर...रितेश भी आता होगा...आनंदआश्रम में सतेंद्र जी इंतजार कर रहे होंगे..’

पर माँ तो एक वर्ष पूर्व आज के ही दिन उसकी गोद में छोड़ कर गई

शिवानी की सजीव निशानी को थपकियाँ देने में मग्न थी...। अपनी जगह से टस से मस नही हुई।

' शिवेंद्र...तैयार हो न भई चलने के लिए...वहाँ टाइम से पहुँचना है हमें....मैंने भोजन और मिठाई के पैकेट भी पैक करा कर गाड़ी में रख लिए हैं...जल्दी चलो वहाँ लंच टाइम पर पहुँचना है...। '

' बस चल ही रहे हैं रितेश...मैंने भी सब पैक कर लिया है..' फिर ऊपर की ओर अपलक नजरें गड़ाए हुए बोला 'आज उसकी हर निशानी का दान करके उसकी यादों से मुक्त हो जाऊँगा...बस माँ जेवर दे दे..फिर चलते हैं...'

लेकिन माँ उसकी बातों को नजरअंदाज कर अपनी ही धुन में शिबू को सुलाने में व्यस्त थी ।

' रितेश तुम यह बैग वगैहरा सब गाड़ी में रखो...चलते हैं ।माँ का इरादा शायद जेवर देने का नही है ।' उसके चेहरे पर माँ के प्रति विषाद के भाव स्पष्ट नजर आ रहे थे ।

रास्ते भर वह माँ के इस व्यवहार को मन ही मन कोसता रहा । सब औरतों की मनोव्रती एक जैसी होती है। वह सोने के आभूषणों के प्रति अपना मोह छोड़ ही नही पाती..फिर चाहे उनके पैर कब्र में ही क्यों न लटके हों...।

गाड़ी के साथ ही उसकी सोच पर भी ब्रेक लगे.. ।रितेश सारा सामान भीतर ले जा कर रख रहा था ...।

' सतेंद्र भाईसाहब इन बैगों में शिवानी के कपडे और सारी आर्टिफिशल ज्वैलरी है ...यहाॅ अनाथ बच्चियों में वितरित कर दीजिएगा । मेरी इच्छा तो थी कि शिवानी के सारे जेवर भी आपको दे दूं।ताकि आप उन्हें अनाथ बच्चियों के विवाह पर उपयोग में ला सकें...पर हमारी माताजी की अंटी से वे आभूषण निकले ही नही...'

अन्तस् में उठी कसक ने माँ की पूजनीय मूरत में दरार पैदा कर दी थी आज....।

'चलो शिवेंद्र बाँट दिए सबको भोजन के पैकेट....'

सोच में डूबा शिवेंद्र घर वापसी के लिये कार की तरफ बढ़ ही रहा था कि सतेंद्र जी ने आवाज लगाई ...' रुको शिवेंद्र...जरा ऑफिस तक चलो..तुम्हें

कुछ दिखाना है ।दोनों मित्र सतेंद्र जी के पीछे ऑफिस में आ गये । सतेंद्र जी ने अलमारी से एक लाल रंग की थैली निकाल कर मेज पर पलट दी । शिवेंद्र थैली के भीतर से निकले जेवरातों को देख स्तब्ध रह गया...।

'अरे..ये सब जेवर तो शिवानी के हैं...आपके पास कैसे....।'

'वो कल माताजी आईं थी । उन्होंने ही आश्रम की बच्चियों के लिये दान में दिए हैं...। मैंने उनसे कहा भी कि, शिवेंद्र ने एक मुश्त राशि आश्रम को पहले ही दे दी है । आप ये जेवर बहू की निशानी के तौर पर रख लीजिये...। लेकिन उन्होंने ये कह कर मुझे निरुत्तर कर दिया कि, उसकी निशानी के तौर पर मेरी गोद में ये शिबू है न...मेरी पोती...। मेरे लिये यही अनमोल जेवर है...अब इसे ही तराशना है...।'

19

पडोसनें

दोनों बच्चे..बच्चों के पिता ऑफिस के लिये निकल गए थे। दूध सब्जी..कपड़े प्रेस वाले की भी हाज़री लग चुकी थी।बर्तन और साफ सफाई का काम हो चुका था। अब शाम तक फुर्सत थी।इसलिये निश्चिंत हो कर परमेश्वरी पूजाघर की ओर बढ़ी ही थी कि, डोरबेल फिर बज उठी।

'इस घर में तो मुझे बिल्कुल चैन नही है। जब भी एकांत चित हो कर भगवान जी को स्मरण करने का मन बनाती हूँ.. कोई न कोई खलल पड़ ही जाता है...पता नही अब कौन आ गया है मेरा दिमाग खाने....जल्दी बिदा करती हूँ' बुदबुदाते बुद्बुदाते उसने दरवाजा खोला ।
' अरे मोहन की अम्मा तुम हो.....मैं भी सोंचु कौन आ गया दोपहरी में...आओ-आओ...वहाँ बैठते हैं सोफे पर...' मनस्थिति चाहे जैसी हो हमें सामाजिक जीवन में तो व्यवहारकुशल होना ही पड़ता है।
' सो रही थी क्या...माफ़ करना मैंने तुम्हारी नींद खराब की..'
' नही नही बहन सो नही रही थी..वो मैंने भगवान जी की पोथी शुरू की हुई है न...वही बाँचने पूजा घर की ओर जा रही थी। काम-आराम तो लगा ही रहता है। यही दोपहरी का समय ही मिलता है थोड़ा, भगवान जी के साथ अपने मन की बात करने का। दिन में एक बार तो ईश्वर को स्मरण करना ही चाहिये न...'
' क्यों नही क्यों नही... ये तो बहुत अच्छी बात है..मुझे भी पोथी शुरू किए

हुए छै महीने हो गए हैं...टाइम ही नही मिलता कि, समापन कर उसका उद्यापन करूँ। आज और कल की सोचते हुए ही दिन बीत जाता है...।'
'चलो छोड़ो बताओ क्या लोगी तुम...वैसे आज तुम्हारी पड़ोसने नही आईं तुम्हारी रोज की चौपाल में अपनी अपनी बहुओं की कथा-व्यथा बाँचने...'
'अरे क्यों ताने मार रही है परमेश्वरी....तू अभी बहु वाली नही हुई है न..आने दे बहु को फिर तू भी शामिल हो जाएगी हमारे टोले में...।'
'नही मोहन की माँ मुझसे ये अपेक्षा मत करना...मुझे तो सख्त चिढ़ है कान भरने वालों से..' परमेश्वरी ने पानी और नमकीन टेबल पर रखते हुए कहा।
'मोहन की माँ सारी बहुएँ या सारी सासें एक सी नही होती...। हमेशा अच्छी सोच रखनी चाहिये..। मुझे तो विश्वास है अपने प्रभु पर...। बहू के आते ही मैं तो उसे ही सारी जिम्मेदारी देकर मुक्त हो जाऊंगी। वह जाने और उसका घर बार । हमें तो दो रोटी से मतलब रखना चाहिये। भला बुरा सब समझती हैं आज की बहुएं..।
हमें उन पर विश्वास करना चाहिए..। जो संस्कार वह सीखने से चूक गई है,उस पर टीका करने के बजाय उन्हें सिखाने का प्रयत्न करना चाहिए।'
'क्यों मैंने कुछ गलत कहा क्या?' दूसरी ओर की चुप्पी देख कर उसने पूछा
'नही परमेश्वरी तुम सही कह रही हो...।अच्छा तो मैं चलती हूँ..वो पडोसनों के आने का वक्त भी हो गया है न...उनको भी तो सिखानी हैं तुम्हारी ये आदर्शवादी बातें...'
'अरे!अरे! तुम तो नाराज हो गई...चाय नही पीकर जाओगी क्या?'
आग्रह करने भी वह नही रुकी। उसके दरवाजे से बाहर होते ही परमेश्वरी ने एक लंबी श्वांस ली और पूजाघर में आसन लगा कर बैठ गई।

20

बोलती बंद

‘ अरे मधु कितनी बार कहा है बाथरूम में मेरे पूरे कपड़े तो रख दिया करो..अब देखो फिर तौलिया लपेट कर ही आना पड़ा कमरे में...।’
‘मैंने भी तुमसे कई दफा कहा है कि,नहाने के पहले सारी चीजें देख लिया करो...पर तुम्हारे कानों पर जूँ रेंगें तब ना...आलस की भी हद होती है...घर में बहु-बेटी है....कुछ तो लाज किया करो..आ जाते हो नँग धड़ंग कमरे में....लो ये अंडरगार्मेंट..सामने ही रखे रहते हैं,पर लेंगे नही और दोषी मुझे ही ठहराएंगे...’
मधु ने खीझते हुए मधुकर को कपड़े थमाते हुए बाथरूम में लगभग धकेल ही दिया....‘जाओ तैयार हो कर आओ अब... बेटा बहु ऑफिस जाने के पहले प्रणाम करने कमरे में आते हैं इसी समय..पता नही है क्या..आगे से ऐसी बेहूदगी बिल्कुल नही करना..कहे देती हूँ...’ मधु का बड़बड़ाना मधुकर के बाहर आने तक जारी ही रहता अगर कमरे में श्वेता ने प्रवेश न किया होता...
‘ देखिए तो माँजी कैसी लग रही हूँ आज...कल ही पूरी बॉडी फैशियल करवाई है...’ मधु की नज़र और बोलती दोनों बंद हो गई उसे इन अर्धनग्न कपड़ों में देख कर...। श्वेता की देह पर एक भी रोम नज़र नही आ रहा था,पर मधु का रोम-रोम सिहर उठा था
उसने धीरे-धीरे पीछे खिसकते हुए श्वेता से नजरें बचा कर बाथरूम का दरवाजा बाहर से बंद कर दिया।

'डार्लिंग...कहाँ रह गई तुम..चलो जल्दी भई आज मीटिंग में बड़े-बड़े अफसर आने वाले हैं...'

' निकलते हैं माँ...आज श्वेता की स्पीच है...इसलिये तो तैयार हो कर तुमसे आशीर्वाद लेने आई है...पापा कहाँ हैं..फ्रेश नही हुए अब तक..उन्हें भी प्रणाम कहिएगा...' और वह श्वेता का हाथ थामे कमरे से बाहर हो गया।

जैसे ही मधु की जड़ तन्द्रा टूटी उसे बाथरूम की खटखट सुनाई दी...' अरे अब खोल भी दो दरवाजा भागवान...आगे से पूरे कपड़े ले कर ही नहाने जाया करूँगा भई...'

वह क्या जवाब देती,उसकी तो बोलती ही बंद हो चुकी थी।

21

शीतल जल के छींटे

'आपसे तो कुछ बोला नही जाता बहू को..आज मुझे ही खबर लेनी पड़ेगी..। आठ बजने वाले हैं,अभी तक मैडम के आने का पता नही है.. उसकी तरफ़दारी बिल्कुल नहीं करेंगे आप...कहे देती हूँ...' मंजरी ने किचिन से निकलते हुए अपना भुनभुनाना जारी रखा..

'सुबह से रात तक मुझे ही खटना पड़ता है रसोई में...। नाश्ता लंच डिनर सब मेरे ही जिम्मे..। महारानी को तो कोई फिक्र है नही...। न बेटे को मेरी तकलीफ़ दिखाई देती है और न आपको...।'

'अरे मंजरी हो जाती है ऑफिस में काम अधिक होने से देर सबेर...तुम्हें नही पता ऑफिस में बहुत कुछ झेलना पड़ता है...। रिटायर्ड होने के पहले तक मुझसे भी तो शिकायत रहती थी तुम्हें मेरे लेट होने पर..। इतना गुस्सा मत किया करो...बी. पी.बढ़ जाता है तुम्हारा...मुझे बता दिया करो न काम...मैं हूँ न..तुम्हारा हाथ बटाने के लिये...। बहू बेचारी वैसे ही थकहार कर लौटती है..।उस पर तुम्हारा गुस्सा वाजिब नही है...।' महेश जी ने गैस पर चढ़ी पतीली के उफनते दूध को शीतल जल के छीटें मारते हुए शांत किया..।

पर मंजरी का दूसरे बर्नर पर भरते का बैंगन भूनते हुए भुनभुनाना जारी रहा...।

तभी कॉल बेल बजी...' तुम रुको मैं खोलती हूँ दरवाजा..'

कहते हुए वह तेजी से दरवाजे की ओर बढ़ गई । आज उसने बहू की

क्लास लेने का संकल्प जो ले रखा था ।

मगर जैसे ही उसने दरवाजा खोला बहू चेहरे पर मुस्कुराहट लिये उसके हाथ में सुंदर सा गिफ्ट पैक और खुशबूदार फूलों का बुके थमाते हुए उससे लिपट ही गई....'माँ जी कल आपका जन्मदिन है न....लीजिये ये तोहफा मेरी ओर दिनेश जी की ओर से आपके लिये...केक भी ऑर्डर किया है। आता ही होगा। दिनेश जी आ जाएं, फिर काटेंगे रात को केक और डिसाइड करेंगे कल हम सबको कहाँ पार्टी करनी है। हम दोनों ने कल ऑफिस से छुट्टी ले ली है।

मंजरी के तिलमिलाते मन की तपिश को बहू के स्नेह से उपजे झिलमिलाते आँसुओं ने पूरी तरह से सोख लिया । और मंजरी के शांत हो चुके मुखड़े को महेश जी अपनी बाहों में भरते हुए फिर से किचन की ओर बढ़ गए डिनर की अधूरी तैयारी को पूरा करने के लिये..।

22

गृहलक्ष्मी की खीझ

'सोनू कितनी बार समझाया है तुम्हे मेरे टेबल पर अपना फालतू सामान मत रखा करो' आनन्दों ने घर में कदम रखते ही सोनू को डाँट लगाई...

'तुम्हें पता है न....मुझे टेबल पर बिखराव बिल्कुल पसंद नही है..ये देखो तुमने किताबों पर ही अपने गंदे कपड़े रखे हुए हैं...सरस्वती का वास होता है इसमें...' आनन्दों गुस्से से सारे कपड़े सोनू की ओर फेंकते हुए अस्त-व्यस्त किताबें करीने से जमाने लगा। फिर अपने आपसे ही मुख़ातिब होते हुए बड़बड़ाने लगा..

' मैं भी किसे बता रहा हूँ, कभी कलम कागज़ से इसका वास्ता रहा हो तब न कद्र करे किताबों की...' फिर उसकी ओर मुड़ते हुए तल्ख़ लहज़े में बोला

'जाओ भई अब चाय-वाय पिलाओ या मेरा मुँह ही देखती रहोगी...बहुत काम निपटाने हैं मुझे..'

'और मै तो जैसे फुर्सत में ही बैठी रहती हूँ न..' आनन्दों के तेवर देख सोनू का पारा भी चढ़ने लगा

'दिन भर घर के कामों में ही खटती रहती हूँ...पढ़ने लिखने का कभी वक्त भी दिया है तुमने...जागने से सोने तक क्या-क्या करती हूँ गिनाऊँ क्या तुम्हें...बात करते हो...'

उसने कपड़े समेटते हुए अपनी खीझ जारी रखी 'सच कहूँ तो तुम सिर्फ नाम के ही आनन्दों हो..आनन्द तो बस बाहर ही लुटाते हो..घर में तो

वही पुशतैनी चिड़चिड़ाहट..ऊब गई हूँ मैं भी तुम्हारे इस खड़ूस रवैये से..बिस्तर तक तो तुमसे समेटा नही जाता..बाथरूम से लेकर कमरे तक में सब कुछ फैला कर निकल जाते हो ऑफिस...। लौटते हो तो जूते कहीं..टिफिन कहीं..। कभी हाथ बंटाया है तुमने घर के कामों में...आज भूल से कुछ कपड़े टेबल पर रखे रह गए तो करने लगे हाय तौबा....। तुम्हारी सरस्वती के सामने मेरी कोई कीमत नही है क्या..?' कमरे में फैले निःशब्द सन्नाटे में सोनू का प्रश्न उत्तर की प्रतीक्षा में आज भी हर घर में अनुत्तरित है....।

23

पहल

‘बहू...दरवाजा भीतर से बंद कर लेना..हम जा रहे मधु चाची के यहाँ बैठने..सुबह से चार-पाँच फोन आ चुके हैं उनके...देर हो जाएगी हमें...तुम शाम के खाने की तैयारी कर लेना...।’

‘ माँ जी सुनिए न...मैं भी चलती हूँ न आपके साथ..वो मधु चाची की बहू स्वाति कई बार बुला चुकी है हमें....विशेष तौर पर आज भी आने के लिए कहा है उसने... थोड़ी देर गप्प-शप्प करके आ जाएंगे..इनके आने के पहले..’

‘ स्वाति कभी आई है क्या हमारे यहाँ... जो तू इतनी उतावली हो रही है जाने के लिए...। अरे तेरे इस घर में आने से ही तो मैं भी निकल पा रही हूं कहीं। वरना खिड़कियों से झाँकती रहती थी अब तक...आसमान में विचरते परिंदों को ’

‘ माँ जी उसकी स्थिति भी तो मेरे जैसी ही है ना...मधु चाची भी तो उसे न हमारे यहाँ लाती हैं और न ही कहीं और लेकर जाती हैं..। क्या हम लोगों को घर की दहलीज लाँघने के लिये आपकी तरह सास बनने की प्रतीक्षा करनी पड़ेगी ? ’ आदर्शों के बंधनों में जकड़ी बहू के भीतर की नारी ने पहली बार स्वच्छंद उड़ान भरने के लिए स्वयं ही अपने बंधन खोलने का प्रयास किया ।

‘चल ठीक है भई, हो जा तैयार जल्दी से...। पर पूजा खत्म होते ही निकल आएंगे वहाँ से...।’

फिर श्वांस छोड़ते हुए अपने आपसे ही बोली 'कर लेंगे शाम के भोजन की तैयारी मिल-जुल कर..। समाजिक बंधनों से मुक्ति दिलाने में आखिर किसी न किसी को तो पहल करनी ही पड़ेगी।'

24

झरोखे

"बहुत-बहुत बधाई अनुज बेटा नए घर की...बहुत सुंदर घर बनवाया है तुमने ...बाहर से तो पूरा शीशमहल लग रहा है..।"
"आपका आशीर्वाद मिलता रहे दादी बस..." अनुज चरण स्पर्श करते हुए बोला..
"खूब तरक्की करो बेटा...माँ बाप का तो सीना चौड़ा हो जाता है जब बच्चे उनसे भी दो कदम आगे रखते हुए ऊंचाई पर पहुँचते हैं.." उन्होंने भी उसकी पीठ पर स्नेह भरी थपकी दी और अनुभव का हाथ पकड़े नए घर में गृहप्रवेश किया...।
"अनुभव दादी को लिफ्ट से ले जाओ न सबसे ऊपर के फ्लोर तक..मैं जरा दूसरे मेहमानों का स्वागत कर लूं "
"ठीक है अनुज...तुम आराम से यहाँ की व्यवस्था देखो...मैं दिखाता हूँ दादी को सारा घर...चलो दादी ऊपर..माँ भी वहीं है "
दादी जी ने एक-एक कमरे का मुआयना नज़र का चश्मा ठीक करते हुए अपने नजरिये से किया। ऊपर नीचे पूरा घर घूमने के बाद वह हॉल में रखे सोफे पर बैठ गई...।
अनुज और अनुभव की मम्मी भी कोल्डड्रिंक का गिलास ले कर उनके अगल बगल बैठ गई ...। "आपके लिये क्या लाऊँ माताजी...कुछ ठंडा-वंडा लेंगी या सीधे भोजन ग्रहण करेंगी.." अनुज की मम्मी बोली..
"अभी कुछ नही लूंगी... तुम बैठो दोनों सहेलियाँ गपशप करो आपस

में...मैं थोड़ा सुस्ता लेती हूं इस नर्म सोफे पर " उन्होंने दोनों को वहाँ से उठा कर सोफे पर लेटने का उपक्रम किया।

" अरे दादी कमरे में लेट जाइए न आराम से....यहाँ मेहमानों की आवाजाही से डिस्टर्ब होंगी आप..." थोड़ी ही देर बाद अनुज उनके पाँव के पास बैठते हुए बोला..

" यहीं ठीक हूँ बेटा..." कहते हुए वह उठ कर बैठ गई..

" सच बताइए दादी आपको घर कैसा लगा...एक एक फर्नीचर...लाइटें.. शो पीस सब बाहर से बुलवाए हैं मैंने..."

" सच में अनुज मन खुश हो गया घर घूम कर...पर एक बात तो बता तूने चारों और काँच ही काँच लगवाए हैं...कोई झरोखा तो रखा ही नही बाहर की पवन भीतर आने के लिये...परदों से ढँक सा दिया है सारा घर...बिजली न जलाओ तो दिन में ही अंधेरा हो जाये..."

अरे दादी हर कमरे में हॉल में ए.सी. और पंखे तो लगे हैं न... प्रकाश के लिए लाइटें हैं तो एक से बढ़कर एक "

" वो सब तो ठीक है अनुज...पर इस पवन का..प्रकाश का तगड़ा बिल आता है न...कुदरती पवन और उजाला तो हमें मुफ्त में मिलता है..। हमें ईश्वर की इस अनमोल देन की कद्र करनी चाहिए... कम से कम एक दो खिड़कियाँ तो हॉल और कमरों में होनी ही चाहिए..ताकि घर में ताज़गी बनी रहे..।"

" आप कह तो उचित रही हैं दादी, पर इस घर का इंटीरियर आपके आर्टीकेट पोते अनुभव ने ही तो किया है..उसी के निर्देशन में ही तो यह बंगला इतना सुंदर बन पाया है..."

" अरे अनुभव जरा यहाँ तो आना.." उन्होंने अनुभव को पास बुलाया..

" क्यों रे तूने इस घर में एक भी झरोखा नही छोड़ा..."

" दादी वो दिन गए जब हर घर में खिड़कियाँ...रोशनदान हुआ करते थे...जमाना बहुत आगे निकल चुका है दादी...। समाज में आखिर स्टेट्स भी तो ऊँचा रखना होता है न...अनुज इस शहर का नामी बिजनेसमैन है भई... । आप ही देखो आने वाले सभी अथिति कितने चाव घर की फ़ोटो खींचने में लगे हैं...।"

"आप देखिएगा हम भी ऐसा ही घर बनाएंगे एकदम शीशमहल..."

अनुभव छत की ओर देखते हुए अपने सपनों को हकीकत में बदलते देख रहा था। और दादी उसका चेहरा पढ़ते हुए महसूस कर रही थी अब उनके पुशतैनी घर के झरोखे भी स्टेट्स की भेंट चढ़ने वाले हैं।
" चल बहु नीचे लॉन में चलकर बैठते हैं...मेरी थाली भी वहीं ला देना..." लिफ्ट से नीचे जाने की अनुभव की बात को दादी अनसुना करते हुए बहु का हाथ पकड़ कर धीरे धीरे सारी सीढ़ियाँ उतरती चली गई...। अपने झरोखों के बंद होने के एहसास भर से ही वह विचलित हो उठी थी....।

25

तसल्ली

कॉलबेल की आवाज ने आराम कुर्सी पर विश्राम कर रहे मधुकर की तन्द्रा भंग की.. " अरे मणि जरा देखो तो भला कौन आया है सुबह की चाय हमारे साथ पीने...? "

रुक्मणि चाय की ट्रे टेबल पर रखते हुए दरवाजे की ओर बढ़ गई।

" अजी सुनते हो...कोई युवा है अपने आनंद का हमउम्र...आपसे मिलने के लिये कह रहा है। "

" तो इसमें इतना झिझकने वाली कौन सी बात है...ले आओ भई उसे भीतर। और एक कप चाय के साथ नाश्ता भी लेते आना..."

"आओ बेटा..तशरीफ़ रखो...और अपना परिचय दो..."

"अंकल मेरा नाम खुशवंत है " उसने उनके चरण स्पर्श करते हुए आशीर्वाद लिया और सामने रखी कुर्सी पर इजाजत लेकर बैठ गया।

"चाय पियो बेटा...और बताओ कैसे आना हुआ..इस गरीबखाने में.."

"अंकल आप जिस विभाग से पिछले माह रिटायर्ड हुए हैं न...उसी विभाग में उसी कुर्सी पर मेरा भी तबादला हुआ है...। ऑफिस में आपके व्यक्तिव के...ईमानदारी के बड़े चर्चे हैं। पता पूछ कर आपके दर्शन करने चला आया।"

चाय की चुस्कियों के बीच वह कनखियों से उनका निरीक्षण भी करते जा रहा था।

"अंकल इस विभाग में ऊपर से बहुत दबाव रहता हैं न...।आप इन सबसे

कैसे सामना करते रहे इतने बरसों तक...अधिकारी तो खफ़ा ही रहते होंगे आपसे...। मैं तो बहुत प्रभावित हुआ आपके विषय में जान कर। बस!! मेरी पीठ पर भी थपकी दीजिये । ताकि आपकी तरह मैं भी किसी प्रोलभन में फंस कर स्वार्थी तत्वों का मोहरा बनने से बच सकूं। "

उसकी पीठ थपथपाते हुए मधुकर की आँखों में उनकी ईमानदारी से तंग आकर घर छोड़ कर गए आनन्द की छबि तैर गई । ऊँची उड़ान के लिये उन्होंने आनंद को पँख तो दिए थे,पर ऊपरी कमाई का परहेज करने से वह उसे उसकी महत्वाकांशाओं के अनुरूप बड़ा आसमान नही दे सके थे। फिर भी उन्हें ये तस्सली तो थी कि उन्होंने आनंद की परवरिश में अच्छे संस्कारों का ही रोपण किया था।

रुक्मणि ने अपनी गीली आँखों को पोंछते हुए मधुकर से इतना ही कहा " क्यों उदास होते हैं आप । देखो आपके कदमों का अनुसरण करने की चाह लिये खुशवंत आया है...उसका हौंसला बढाइये । विश्वास रखिये आनंद भी एक दिन बाहर की दूषित हवा से बचने के लिए एक न एक दिन अपने छोड़े हुए आत्मीय घरौंदे में जरूर वापस आएगा । "

26

स्टैच्यू

"पापा...!पापा...जरा इधर तो आइए.."संजय ने ऊँचे सुर में भीतर आवाज लगाई।
"क्या बात है बेटा..."विश्वनाथन कमरे से अखबार हाथ में लिये धीमे-धीमे हॉल में आते हुए बोले.."क्या हुआ संजय...इतने क्रोधित क्यों हो रहे हो..."
"गुस्सा न करूं तो क्या करूँ....बताइए इतना सुंदर शो पीस कैसे टूट गया....अब बोलिये भी....आपको पता है न मैं घर की सजावट के लिये कहाँ-कहाँ से ये एंटीक पीस ले कर आता हूँ...इनकी कीमत का अंदाजा भी है आपको..."
विश्वनाथन 'बेटा-बेटा'ही करते रह गए।उन्हें अनुभव था कि,क्रोधाग्नि में अपनी सफाई देने की दलीलों का घी डालने से आग बुझने की बजाय भड़क जाती है...।फिर भी साहस करते हुए इतना ही कह पाए..."वो सफाई करते हुए उस दिन सुनंदा से टूट गया था..."
"तो आपने उसी दिन मुझे क्यों नही बताया...छुपा ली उसकी गलती...पापा आप दिन भर घर पर रहते हैं,पर ध्यान नही रखते...बरामदे में देखो वाटर बॉडी में पानी खत्म है...पौधे सूख रहे हैं...वो देखिये छत पर जाल लगा है..सुनंदा से करवाते क्यों नही ये सारे काम...आपको तो कह ही नही रहे कुछ करने के लिए...कम से कम पीछे लग कर करवा तो लिया कीजिये ..."

"बस दिन भर पेपर पढ़ लिया या टी.वी में खबरें सुन ली.... फोन पर दोस्तो यारों से बांते कर ली...कुछ पूछो तो स्टैच्यू बन जाते हैं....मेरी ओर ही देखते रहते हैं...अब जाइये भीतर..."

"क्या हुआ संजय...कम से कम आज के दिन तो पापा से नर्म लहजे में बात कर लेते..भूल गए क्या आज का दिन.."संजना ने संजय के हाथ में अपना लैपटॉप बैग थमाते हुए कहा "चलो...पहले ही देर हो चुकी है..।मुझे ऑफिस छोड़ते हुए जाना है तुम्हें।शाम को भी जल्दी आ जाना लेने..सारी तैयारियां करनी है...।"

संजय अब थोड़ा शांत हो चुका था...शायद कोस रहा था अपने आपको...।

"अच्छा पापा शाम को मिलते हैं..ध्यान रखना अपना..खाना डायनिंग पर लगा है,टाइम से खा लीजिएगा और सुनंदा आती होगी...बोलियेगा उसे संजय नाराज हो रहे थे..जरा ध्यान से काम किया करे..."इतना कहते ही संजना ने रोज की तरह अपने ससुर जी के पाँव छुए और संजय के साथ बाहर निकल गई।संजय पापा की तरफ देख कर बस 'बॉय पापा' ही कह पाया।

शाम को ऑफिस से जल्दी तो निकले थे पर शहर के ट्रैफिक की वजह से घर पहुंचते-पहुंचते अंधेरा घना हो गया था।वैसे भी दिन छोटे होने से शाम जल्दी हो जाती है।

"देखो संजना तुम मुझे कहती हो...सारे घर में अंधेरा पसरा है।पापा को लाइट ऑन कर देनी चाहिए थी न..."संजय ने घर के सामने गाड़ी रोकते हुए कहा।

गाड़ी से उतरते ही उसने पहले बरामदे को रौशन किया।संजना तब तक घर का ऑटोमैटिक दरवाजा खोल चुकी थी...।संजय ने भीतर के सारे बटन दबा कर अंधेरे के साम्राज्य का खात्मा कर दिया।

"पापा...अभी तक सो रहे हैं क्या...कमरे से बाहर तो आइए...माफ कर दीजिए सुबह हुई गुस्ताखी के लिये..."उसने एक याचक की तरह आवाज लगाई।

"अरे पहले मुझे हॉल में थोड़ी सजावट तो कर लेने दो...मैं उन्हें खुद बाहर ले आऊंगी..।"संजना ने पापा के कमरे की ओर जाते संजय को रोका..."लाओ वो केक लेकर आओ जल्दी...ये लो गुब्बारे फुला-फुला कर

टांगो जरा ऊपर...ये चमकी भरा गुब्बारा तभी फोड़ना जब मैं पापा को कमरे से बाहर लाऊंगी...समझे..!और हाँ पैर छू कर माफी जरूर मांग लेना अपने सुबह के व्यवहार के लिए..और यह लो मोबाइल जो गाना इसमें सेट है हमारे आते ही उसे बजा देना"इतना कहते हुए वह ससुर जी के कमरे में प्रवेश कर गई।लाइट ऑन करते ही वह स्तब्ध रह गई।पापा व्हील चेयर पर सासु माँ की तस्वीर गोद में लिए बैठे थे...।वह अक्सर तन्हाई में असमय ही छोड़ कर चली गई जीवनसँगनी से दिल की बातें साझा किया करते थे।

"पापा अब तक नाराज हैं क्या...माफ कर दीजिए ना संजय को।आपको तो उसके स्वभाव का पता है ना.. पल में तोला-पल में मासा जैसा है संजय....चलिये मैं ले चलती हूँ आपको बाहर...यहाँ अंधेरे में गुमसुम बैठे हैं..." और इतना कहते-कहते वह व्हीलचेयर को बाहर ले आई...।एक जगह चेयर रोक कर वह टेबल पर केक सजाने में व्यस्त हो गई...।

व्हील चेयर के बाहर आते ही मोबाइल पर हैप्पी बर्थ डे वाला गाना बजने लगा...।

"हैप्पी बर्थ डे पापा"संजय ने उनके कदमों में बैठते हुए फूलों का गुलदस्ता उनके हाथों में थमाया..।

पर यह क्या...!गुलदस्ता तो उनके हाथों की पकड़ में आया ही नही।तुरंत नीचे गिर गया...। "पापा..पापा..क्या हुआ आपको...संजना इधर आओ जल्दी..." वह लगभग चिल्ला पड़ा..। संजना जो चमकी वाला गुब्बारा फोड़ने की तैयारी कर रही थी संजय की आवाज सुन पीछे मुड़ी।

दौड़ कर आई।उसे पापा स्टैच्यू बने एक ही मुद्रा में व्हील चेयर पर बैठे दिखे।संजय माफी मांगने के लिये उनके कदमों में निढाल सा बैठा था और पापा सासु माँ की फोटो को सीने से चिपकाए हुए उसे एकटक देखे जा रहे थे।

संजना भी उनकी ओर जड़ हुई नजरों से देखते हुए महसूस कर रही थी ....कि, इस घर का एंटीक पीस आज स्टैच्यू में तब्दील हो गया है।

27

करवट

"सुनो..!मधु दो बजे का अलार्म लगा दो मोबाइल में...स्टेशन जाना है मम्मी को लेने....।"सुशील ने बिस्तर पर लेटते हुए कहा

"भला ये कौन सा टाइम है आने का...सर्दियों के दिन हैं...नींद खराब होती है यार...समझा करो कुछ.." मधु झुंझलाते हुए बोली " उन्हें कहना था न सुबह की ट्रेन पकड़ते...शाम तक आ जाते"

"अरे सुबह की गाड़ी से ही रिजर्वेशन था उनका...पर वह दस दिन बाद का था।मैंने उन्हें तुम्हारी परेशानी बताई और पहले आने के लिए राजी कर लिया...अब तत्काल में जिसकी टिकिट मिली.. ले ली उन्होंने "

"तुम्हारी परेशानी मुझसे देखी नही जा रही थी।राजू को सुबह उठाना..तैयार करना,उसका टिफिन ...बस्ता..फिर स्कूल बस...फिर अपने और मेरे ऑफिस की तैयारी...ऑफिस से ब्रेक लेकर राजू को स्कूल से पिक करना...उसे सीधे ऑफिस ले जा कर दिन भर अपने पास रखना..होमवर्क कराना...।फिर घर लौट कर शाम को डिनर की तैयारी ...।दौड़-दौड़ कर सारे काम करने से हुई थकान तुम्हारे चेहरे पर साफ झलकने लगी थी।इसलिये मैंने सोचा उन्हें जल्दी बुलवा लूं..."

"पर सुशील तुम ही बताओ आधी रात को आने का क्या तुक है...मैं तो मोबाइल साइलेंट कर के सो रही हूं "मधु मुँह बनाते हुए सुशील पर अपनी नाराजगी जाहिर कर रही थी..." अब चुपचाप उठ कर चल देना।मेरी नींद डिस्टर्ब मत करना...सर दर्द से फटा जा रहा है मेरा....मुझे आराम से

सोने देना..."इतना कहते ही मधु ने कमरे की लाइट ऑफ कर दूसरी ओर करवट लेकर आंखे मूंद ली।

सुशील ने भी मधु की नाराजगी भांपते हुए दूसरी ओर करवट ले ली।अचानक उसे कुछ सूझा...वह उठ कर बैठ गया..तकिए से पीठ टिकाते हुए मोबाइल पर नम्बर डायल करने लगा.."हैलो..!साले साहब नमस्ते..सुशील बोल रहा हूँ भई....वो मैं मम्मी जी को फोन लगा रहा हूँ...लग नही रहा है....शायद नेटवर्क की समस्या है...।तुमसे बात हो तो उन्हें कह देना वह रात स्टेशन पर ही रुक जाएं...हम दोनों सुबह पहुँच जाएंगे स्टेशन ...वो क्या है कि,तुम्हारी दीदी की नींद खराब होती है न..इसलिए कह रहा हूँ..."

"क्या कहा...! दीदी से बात करनी है...अरे अभी उन्हें कोई टेंशन मत दो...उनके सर में जोरों का दर्द हो रहा है...सोने दो उन्हें....ठीक है साले साहब... बोल देना ध्यान से मम्मी जी को...सुबह होने तक स्टेशन पर रुकने के लिये...।"

फोन कटा ही था कि,मधु फिर उसकी तरफ करवट लेते हुए उठ कर बैठ गई...।अब उसका चेहरा खुशी के मारे अंधेरे में भी चमक रहा था...।उत्साहित होते हुए बोली "क्या कहा...अम्मा आ रही है...।अरे वाह...!शाम से क्यों नही बताई आपने ये खुशखबरी...।अब बता रहे हैं...चलो हटो,बहुत वो हैं आप..." वह बड़े लाड़ से बोझिल माहौल को फिर से खुशनुमा करने का प्रयास कर रही थी...।

" अरे मधु...पूरे तीन साल बाद गई है माँ अपने मायके..।पापा के गुजर जाने के बाद वह कहीं निकली भी तो नही थी।घर गृहस्थी के कामों और राजू की देखभाल में ही व्यस्त रहती थी..।अब गई हैं तो रहने देते हैं उन्हें दो एक माह अपने परिवार में..."

"बहुत सोच कर मैंने तुम्हारी मम्मी को यहाँ बुलवा लिया...इसी बहाने रह लेंगी वे तुम्हारे साथ.."

अपनी माँ के आने की खबर सुन कर मधु के मुरझाए मनोभावों ने एकदम करवट बदल ली थी..।उसके मुखड़े के बदलते हाव भाव ने भी सुशील को मधु की ओर करवट लेने पर विवश कर दिया.....।अब मधु को जगाने के लिए अलार्म की भी जरूरत नही पढ़ने वाली थी..।

28

वैक्सीन आ गई क्या ?

सुशांत को आज लंच टाइम पर ही घर में प्रवेश करते देख मंजू चकित रह गई।पूछ ही लिया "आज ऑफिस हॉफ टाइम तक था क्या...?"
"नही...वो एक जरुरी मीटिंग है क्लाइंट के साथ इसलिये चेंज करने आया था।"
भीतर प्रवेश करते ही माँ पापा को तैयार देख उसने आश्चर्य से पूछा "आप लोग कहाँ जाने के लिये तैयार हुए हैं..."

शांति देवी ने बड़ी सहजता से जवाब दिया.."बेटा हम दोनों मंदिर जा रहे हैं।आठ महीनों से नजरबंद हैं घर में...इसलिये आज मन को मार नही सके...आ जाएंगे शाम होने से पहले...और वहीं से सुमित्रा और भाईसाहब का हाल-चाल भी पूछने चले जाएंगे...उनसे मिले भी अर्सा हो गया है।"
शांति देवी का शांतिपूर्वक दिया गया जवाब सुशांत को नागवार गुजरा ,ऑफिस के कामकाज का दबाव था शायद उस पर ...इसी वजह से उसके पहले से ही अशांत मन को माँ के प्रतिउत्तर ने और अशांत कर दिया।
"आपसे कितनी बार कह चुका हूं मम्मी पापा कि, यह वक्त आप लोगों के बाहर निकलने का नही है...घर में आराम से बैठने में क्या जाता है आपका....।घर में मंजू है ना आपसे बतियाने के लिए...फोन है आपके पास... लगा कर जान लिया कीजिये हाल-चाल अपने दोस्त यारों

के....टी.वी.है दिल बहलाने के लिये....।घर के मंदिर में हो तो जाती है पूजा रोजाना....।" वह एक ही सांस में बोले जा रहा था..धाराप्रवाह.."पिछले दिनों अपने फूफा जी चल बसे इस कोरोना की वजह से...अंतिम दर्शन तक दुर्लभ हो गए उनके...आपके भाई साहब अभी तक बेड पर हैं....ताऊ जी पूरे एक माह के इलाज के बाद कोरोना मुक्त हुए है....पापा के भांजे जी,आपकी क्लोज फ्रेंड.....पापा के मित्र गनेशी लाल...किस-किस का जिक्र करूँ...आंखों के सामने उदाहरण हैं,फिर भी आंखे नही खुलती आपकी...हर दूसरे दिन बाहर निकलने के बहाने गढ़ने लगते हैं।आखरी बार बोल रहा हूँ,जब तक वैक्सीन नही आ जाती आप लोग घर के बाहर नही निकलेंगे...।" फिर दरवाजे की ओट से चुपचाप सुन रही पत्नी को देखते हुए बोला "मंजू ध्यान रखना इनका,कहीं तुम्हारी भी सहमति तो नही है इसमें...।"

"नही जी...मैं तो ऊपर कमरे की सफाई कर रही थी।माँ पापा का अपना प्लान होगा...मुझसे कहते तो न मैं मना करती..."

सुशांत मंजू के जवाब से संतुष्ट हो गया था।इसलिए ऊपर चला गया तैयार होने।उसके ऊपर जाते ही मंजू धीरे से बोली "मम्मी पापा आप उदास मत रहो ना...मुझे अच्छा नही लगता...मैं समझ सकती हूं आपकी पीड़ा.. पर क्या करूँ आपका पक्ष लेती हूँ तो पूरा गुस्सा मेरे ऊपर निकाल देते ....।"

फिर थोड़ा कान के पास आकर फुसफुसाते हुए बोली " इनके बाहर जाने के बाद आप दोनों भी चले जाना ऑटो से घूम आना थोड़ी देर...।पर इनके आने के पहले लौट आना...।इन्हें पता भी नही चलेगा..."और बोलते-बोलते उसने अपना सिर सासू माँ की गोद में रख दिया बालों में तेल लगवाने के लिए...।

योजनाबद्ध तरीके से सुशांत के जाते ही मंजू ने सास ससुर को ऑटो से मंदिर के लिये रवाना कर दिया।मंदिर में पूजा अर्चना के बाद वह सुमित्रा के घर चले गए।उनकी पूछ परख के बाद दोनों ने तय किया कि,घर जाने के पूर्व अपने चिर- परिचित कॉफी हाउस में एक-एक कप कॉफी पी जाएं।लंबे अंतराल बाद दोनों को मौका जो मिला था तफरीह का...सो उन्होंने इस थोड़ी देर की रिहाई का पूरी तरह आनंद उठाने का सोच लिया

...।
कॉफी हॉउस की टेबल पर वेटर उनका ऑर्डर सर्व कर के जा चुका था।कॉफी पीते-पीते शांति देवी कहने लगी "सुशांत बेचारा चिंता करता है हमारी..खोना नही चाहता वह हमें...इसलिये ही तो इतनी सख्ती बरतता है बेचारा...वरना हमसे कोई बैर थोड़ा है उसका...।अब आप भी जिद नही करना बाहर जाने के लिए.. आज तो आपका जी बहलाने के लिए ही मैंने आपका साथ दिया है....समझ गए न आप..क्या कह रही हूं मैं... ध्यान कहाँ है आपका...."शांति देवी ने पति को झंझोड़ते हुए कहा..।फिर पति की अपलक आंखों की दिशा की ओर ध्यान दिया...सामने से सुशांत एक नवयौवना की कमर में हाथ डाले रेस्तरां में दाखिल हो रहा था।माँ पापा से नजर मिलते ही सकपका गया और उल्टे पाँव बाहर निकल गया..।
उन दोनों ने भी बिल दिया और बिना कुछ बात किये चुपचाप घर आ गए।थोड़ी देर बाद सुशांत भी घर आ गया।आते ही बोला "पापा कल से आप दोनों भी हो आया करो मंदिर रोजाना..."फिर नजरें चुराते हुए बोला आज दिन भर बहुत सोचा मैंने खुद को आपकी जगह रख कर.. सच में घर ही घर में आपको बोरियत हो जाती होगी...।मंजू तुम भी साथ चली जाया करो घर के काम निबटा कर..."
मंजू जो हमेशा की तरह आज भी मूक दर्शक बन दरवाजे की ओट में खड़ी थी...इतना ही बोल पाई क्यों जी ! वैक्सीन आ गई क्या?

29

साँप-सीढ़ी

"हलो...शालू !!सुनो...आज डिनर पर सक्सेना साहब को इन्वाइट किया है।एक दोस्त भी साथ आएगा उनके।पूरी तैयारी कर लेना।चिकनऔर दूसरे आइटम मैं लेता आऊँगा...।और देखो...जरा अच्छे से तैयार होना...।पिछली बार की तरह कमरे में बंद मत हो जाना ...कंपनी देनी होगी तुम्हें...।हमारे काम में प्रतिस्पर्धा बहुत है।आगे निकलने के लिये करने पड़ते हैं कुछ अनचाहे समझौते..."

दूसरी तरफ कुछ हलचल होते न देख वह फिर बोला "क्यों तुम कुछ बोलती क्यों नही... साँप सूँघ गया है क्या...या आवाज सुनाई नही दे रही...।"

"क्या बोलूं मैं...बोलने से फायदा भी क्या...।तुम्हें तो अपना फायदा दिखता है बस... पैसे-वैसे दे कर क्यों नही करवा लेते काम...कम से कम मुझे तो मुक्ति मिलेगी तुम्हारी आये दिन की पार्टियों से...और तुम ऊपर चढ़ने के लिए बार-बार मुझे ही सीढ़ी क्यों बनाते हो..."

"अरे भई तुम समझती क्यों नही हो...सक्सेना साहब बहुत काम के आदमी हैं...वो लिफाफे-विफाफे नही लेते...उन्हें तो सब इसी तरह खुश करते हैं..।पता है प्रमोद ने पिछले दिनों इन्वाइट किया था इन्हें घर पर...।साल भर से रुके हुये सारे बिल दूसरे दिन ही पास हो गए..." फिर गहरी साँस लेते हुए बोला "रजनी के हाथ भी तो पीले करने है कि नही....मुझे भी अपने रुके सारे बिल पास करवाने हैं ....नए काम का

टेंडर भरा है,उस पर भी अपने हित में बात करनी हैं...तुम्हारे सहयोग से मेरी मंजिल आसान हो जाएगी..हमारे-तुम्हारे बड़े-बड़े सपने तभी न पूरे होंगे....."

"चलो ठीक है रखो फोन..मुझे शाम की तैयारी करनी है.."

शाम को उसने घर आते ही शालू को नॉनवेज के पार्सल के साथ ही बियर की बोतल भी थमा दी...।"अब क्या ड्रिंक भी घर पर ही लोगे..।"

"तो क्या ,सूखा डिनर करवाओगी...तुम्हे सर्व भी करना है...साड़ी भी वही वाली पहनना,जिसे देख कर मैं भी खुद पर काबू नही रख पाता हूँ...समझी!! ना नुकर तो करना ही नही.. उन पर ऐसी छाप छोड़ना की वह कल के कल ही मेरा काम कर दें..."

फिर इधर-उधर देखते हुए कहने लगा "रजनी नही दिखाई दे रही..कोचिंग से लौटी नही अब तक...आती है तो उसे ही किचन में रोटी सेंकने के लिये कहना।साहब के समाने मत आने देना..समझी.. !!और उनकी आवभगत में कोई कमी नही रहनी चाहिए...ये मौका हाथ से जाना नही चाहिए। जाओ तैयार हो जाओ अच्छे से...मैं भी फ्रेश हो कर आता हूँ...साहब भी आते ही होंगे..."

वह दोनों तैयार हो कर सक्सेना साहब की प्रतीक्षा कर रहे थे, कि शालू के फोन की घँटी बजी "मम्मी ...आज कोचिंग से प्रीति के यहाँ आ गई हूँ।कुछ नोट्स लेने थे उससे...।मेरी स्कूटी भी पंचर हो गई है..। यहीं खड़ी कर दी है।उसके पापा छोड़ देंगे घर...वह थोड़ी देर में ही किसी के यहाँ पार्टी पर जा रहे हैं... मुझे घर छोड़ते हुए ही जायेंगे आगे....।"

"ठीक है...ठीक है..जल्दी आने की कोशिश करना..तुम्हारे पापा ने भी किसी को डिनर पर बुलाया है।"

जैसे ही डोरबेल बजी संजय ने शालू को दरवाजा खोलने का इशारा किया ।"जरा पल्लू तो ठीक कर लो...मुस्कराहट लाओ चेहरे पर..."

उसने खुद को थोड़ा ठीक-ठाक किया और संजय की ओर देखते हुए बोली"अब ठीक है....." "हाँ भई ठीक है ...अब जाओ जल्दी.."

शालू ने जैसे ही दरवाजा खोला तो सर से पाँव तक सिहर गई ।दरवाजे पर संजय के साहब और उनके दोस्त के बीच रजनी खड़ी थी।

शालू कुछ बोलती इसके पहले ही रजनी बोल पड़ी " माँ यही हैं प्रीति के

पापा।गाड़ी में बैठते ही इन्होंने मुझसे घर का पता पूछा तो कहने लगे मैं भी तो वहीं जा रहा हूँ...।आइए अंकल..."

शालू को भी अनचाहे ही उनका स्वागत करना पड़ा...।

सक्सेना जी की बहकी चाल पहले से ही उनके नशे में होने की गवाही दे रही थी।

"आइए सर....स्वागत है आपका.." संजय उन्हें ड्राइंगरूम के सोफे पर बिठाया। "अरे संजय ...पहले कभी बताया नही तुम्हारी इतनी खूबसूरत बेटी भी है..वाह भई वाह मजा आ गया आज उसे देख कर"

"लाओ भई कुछ पानी- वानी लाओ ।साथ में नमकीन -वमकीन भी लाना.... रजनी से कह दो बना देगी पैग..."

सोफे की पुश्त पर पीठ टिकाते उनकी नजरें अपने दोस्त से मिली और इशारों ही इशारों में आज की शाम को रंगीन बनाने के संवाद होने लगे।उनकी नशीली आँखों में कुटिलता की झलकियाँ स्पष्ट दिखाई दे रही थी...।

और संजय में अपनी जगह से हिलने की या भीतर शालू या रजनी को पुकारने की हिम्मत ही नही बची थी। कैसे जुटाता वह हिम्मत..।रजनी से पैग बनवाने की उनकी ख्वाहिश सुन कर उसके कान गर्म होने लगे थे ..।वह अच्छी तरह भांप गया था कि, सीढ़ी पर चढ़ कर ऊपर पहुँचना आसान होता है ,पर मंजिल पाने के लिये सक्सेना जैसे साँप भी मुँह खोले कदम-कदम पर मौजूद रहते हैं...। उसे लगा शिखर तक पहुंचने के पहले ही जहरीले साँप ने उसे डस लिया है....और वह वापस वहीं आ गया है जहाँ से चला था...।

30

दहेज

"क्यों जी आपके पास इस कलर के दो स्वेटर थे ना...दूसरा दिख नही रहा है..."

"होगा अलमारी में ही.. घर से कहाँ जाएगा भला..." पुष्पक ने पुष्पा से नजरें चुराते हुए कहा।

"अरे...! पर आज तो मैंने पूरा ट्रंक खाली करके फिर से जमाया है..मुझे तो वो स्वेटर दिखी नही..दो गर्म शाल मफलर ,गर्म टोपाऔर दस्ताने भी कम दिख रहे हैं।पिछली ठंड में कहीं भूल आये थे क्या?तुम्हारी भूलने की आदत से तो तंग आ चुकी हूँ मैं...।बच्चों के इनर स्वेटर भी कम हैं...पता नही कहाँ गायब हो जाते हैं कपड़े..." वह खीजते हुए बुदबुदाए जा रही थी...

"आज तुम्हें और काम नही है क्या ?ट्रंक-ट्रंक,कपड़े-कपड़े खेल रही हो या फिर गुड्डो के गुड्डे गुड़िया निकाल कर उन्हें धूप में बड़ा करने का इरादा है तुम्हारा....?"पुष्पक ने मुद्दे के बात से पुष्पा को भटकाने का प्रयास किया।

" पूरे कपड़े फैला कर रख दिये हैं पलंग पर ...चलो संभालो इन्हें।अभी तो ठंड शुरू ही हुई है. ...ले लेंगे नए सबके लिये...वैसे भी वह सब बहुत पुराने हो गए थे...और फिर बच्चों के छोटे कपड़े कब तक संभाल कर रखोगी...गुड्डो की तो अब उम्र हो गई है बिदाई की...अब तो छोड दो पुरानी चीजों से मोह भागवान..."उसने इतना कहते ही पुष्पा के कंधों को

थोड़ा जोर से दबा दिया।

"तुम कभी नही समझोगे गृहणियों की सूझ-बूझ को...अरे,पुराने कपड़ों से नए बर्तन लेने हैं मुझे..."उसने पुष्पक के हाथों को झटकते हुए परे किया..."

"कल बुलाया है बर्तन वाली को...मैंने अपने और तुम्हारे रिजैक्ट किये कपड़े भी अलग कर लिए हैं ।पर इनसे छोटे-बर्तन ही मिल पाएंगे।गर्म कपड़े और हो जाते तो स्टील की बड़ी सी टँकी भी मिल जाती। गुड्डो को दहेज में देने के लिए ही तो जमा कर रही हूँ सब..."

अब पुष्पक पुष्पा के बिल्कुल पास बैठ गया।और उसका हाथ अपने हाथ में लेकर बड़े प्यार से समझाने का प्रयास करते हुए बोला "भागवान...ऐसा है कि,अभी हम सक्षम हैं,ईश्वर की कृपा से गुड्डो को इस घर से बहुत अच्छे ढंग से बिदा करने में...और फिर अभी वक्त है उसके बिदा होने में...तब तक सब हो जाएगा...तुम बेवजह अभी से उसकी चिंता में अपनी सेहत क्यों खराब करती हो..." कहते-कहते वह अपने मोबाइल में एक वीडियो चालू करके पुष्पा को दिखाने लगा " ये देखो शहर के फुटपाथ पर कितने बेसहारा लोग ठंड में रात गुजार रहे हैं...स्टेशन या हॉस्पिटल चले जाओ ऐसे कई दृश्य मिल जाएंगे...पुष्पा हम तो इनसे कितनी बेहतर स्थिति में हैं...देखो कैसे सिकुड़ रहे हैं एक ही कंबल में तीन-तीन लोग...."

"अरे...!ये कंबल तो अपने यहॉ का ही लग रहा है...।अच्छा...!!तो अब समझ में आया कहाँ गयाब हो जाते हैं कपड़े....मुहँ अंधेरे वॉक करने के नाम पर यही जाते हो क्या..." बोलते-बोलते वह बड़े स्नेह से पुष्पक को देखने लगी।

"पुष्पा यही वक्त है इनकी मदद करके ईश्वर की कृपा और इन जरूरतमंदों की दुआएं प्राप्त करने का...समझा करो भई..."

दोनों के बीच समझा-समझी चल ही रही थी कि,गुड्डो कमरे में आते ही बोली "पापा ठीक ही तो कह रहे हैं माँ...आप मेरे दहेज की अभी से इतनी फिक्र क्यों करती हो.....मेरे लिए तो आपके दिए संस्कारों का दहेज ही महत्वपूर्ण है।"

"देखा पुष्पा दोनों की गोद में पला बढ़ा ये पुष्प कितना सयाना हो गया है

देखते ही देखते..."पुष्पक सिर गुड्डो को देखते हुए अपने आप ही गर्व से ऊँचा हो गया था।
"हाँजी आपने तो मेरी मेरी खुली आँखों से स्वहित का चश्मा उतार कर जमाने को देखने का नया नजरिया ही दे दिया।" और फिर वह पुष्पक के गले लगते हुए बोली "कल से मैं भी चलूँगी आपके साथ मार्निंग वॉक पर ..... ले जाओगे ना...."

31

नीयत

मालती ने जैसे ही घर के भीतर प्रवेश किया मालकिन" ने उसे टोक दिया "मालती दुपट्टा कहाँ है तेरा...कितनी बार कहा है तुझसे बिना दुपट्टे के हमारे घर में काम मत किया कर...।चल ले दुपट्टा सीने पर...।साड़ी भी पहनती है तो जरा ढंग से पहना कर....।ढांक कर रखा कर खुद को...।घर में जवान बेटा है... तेरे अंकल रहते हैं...और तू ऐसे नुमाइश की तरह सामने-सामने घूमती रहती है...अरे थोड़ी तो लाज किया कर...हर रोज टोकती हूँ तुझे....अच्छा लगता है क्या...!!"

"अरे आंटी बर्तन झाड़ू पोछा करते समय दुपट्टे और पल्लू से उलझन होती है मुझे..।अब आप ही बताओ दुपट्टा संभालू या काम करूँ....।" फिर कमर पर हाथ रखते हुए बोली "आंटी आपको क्या मुझ पर भरोसा नही है...या फिर भैया और अंकल जी की नीयत पर शक है....?"

32

मनोरथ

"बेटा... मोबाइल रिचार्ज करवा देना आज ही...कल आख़री दिन है.."
"किसका आख़री दिन पापा....फोन का या......"
बेटे के अधूरे शब्दों का मनोरथ समझते ही वह स्तब्ध रह गए...।

33

चाहे जो भी हो

"मम्मी जी भाईसाहब तो बाहर फोन पर लगे हैं....मुझे घर पहुँचना है जल्दी....आप ही कह देना उनसे,कि मैं आपको बताकर गया हूँ....वरना गुस्सा करेंगे..."हरिशन्द्र ने गाड़ी की चाबी की बोर्ड पर टांगते हुए कहा।
"आज कहाँ जाना है तुम्हें,बड़ी जल्दी में लग रहे हो....बैठ जाओ थोड़ी देर... चाय बनाती हूँ तुम्हारे लिये..."
वह लैपटॉप बैग और ऑफिस से लाई कुछ फाइलें सोफे पर रखते हुए बोला "नही मम्मी जी चाय रहने दीजिये....मुझे घर पहुँचना है जल्दी....रास्ते में ही फोन आया था अम्मा का दो बार...वो गीता को प्रसव पीड़ा शुरू हो गई है,उसे हॉस्पिटल ले जाना पड़ सकता है...।मेरा घर पहुँचना जरूरी है....मुझे चिंता हो रही है"
"ठीक है...ठीक है बेटा..तुम जल्दी जाओ मैं बोल दूंगी अभिनव से....और हाँ! कोई दिक्कत आये तो भैया को या मुझे फोन जरूर कर देना...।खुशखबरी देना मत भूलना ....चाहे जो भी हो "उसने हरिशश्चंद्र का कमरे से बाहर निकलते तक पीछा किया...।
मम्मी जी द्वारा कहे गए आखिरी शब्द "चाहे जो भी हो" ने उसके भीतर नई स्फूर्ति भर दी थी।तभी तो वह कमान से छूटे तीर की तरह फर्राटे भरता हुआ घर की ओर रवाना हो गया।
घर पहुँचते ही उसने अम्मा को आवाज लगाई।भीतर से गीता के करहाने की आवाजें स्पष्ट सुनाई दे रही थी।

"आ गया बबुआ..."अम्मा ने बरामदे में आते ही हरिश्चंद्र को हौंसला दिया "घबरा मत ...थोड़ी देर में सब ठीक हो जाएगा।दाई माँ और मौसी हैं भीतर....।" अम्मा ने उसे पानी का गिलास थमाते हुए कहा..."ऐसे समय घर में किसी आदमी का रहना जरूरी होता है ना..इसलिये तुम्हें बुला लिया।"

पानी पीते हुए वह गर्म पानी की देगची कमरे में ले कर जाती अम्मा को देख रहा था।मन ही मन प्रार्थना भी कर रहा था ईश्वर से...कि हॉस्पिटल ले जाने की जरूरत न पड़े गीता को...भाईसाहब से भी तो माँग नही पाया कुछ मदद...।मम्मी जी से कहता तो जरूर दे देती..पर उसे ही तो जल्दी पड़ी थी घर पहुँचने की...।

उसका चिंतन चल ही रहा था कि,बाहर किसी गाड़ी के रुकने की आवाज आई...।हॉर्न सुन कर उसने बाहर की तरफ देखा...मम्मी जी गाड़ी से उतर रही थी..।

"कैसी है गीता अब...हॉस्पिटल ले जाना है तो गाड़ी है...अभिनव ले जाएगा...।बाहर बैठा है गाड़ी में...मुझे भेजा है भीतर..।तुम चिंता मत करो किसी बात की..और ये लो रख लो काम आएंगे..."कहते कहते मम्मी जी ने एक लिफाफा हरीश के हाथों में थमा दिया।

मालिक के आने से उसका आत्मबल बढ़ गया था...फिर भी उसने औपचारिकता वश कह ही दिया.."आपने भैया को क्यों तकलीफ दी मम्मी जी..."

फिर लिफाफे को देखते हुए बोला

"इनकी क्या जरूरत थी मम्मी जी..."

"तुम दस-बारह सालों से हमारे पास हो,हमारे घर के सदस्य हो गए हो तुम...तुम्हारे सुख-दुख में हमारी भागीदारी तो बनती ही हैं ....मेरी तरफ से ये नेग है, रख लो इसे.."

वह अभी आवभगत कर ही रहा था, कि भीतर से बच्चे के रोने की आवाज सुनकर चिंतातुर चेहरों पर मुस्कान दौड़ गई....।भीतर से अच्छी खबर के आने की प्रतीक्षा थी दोनों को...।पर भीतर से बाहर आरही अम्मा के रुआंसे चेहरे ने उनके दिलों में किसी अनहोनी होने की शंका उत्पन्न कर दी।

"क्या हुआ अम्मा....गीता ठीक तो है ना...."
अम्मा कुछ बोलती इसके पहले ही अभिनव की माताजी बोल पड़ी "कुछ नही हुआ हरीश बेटा लड़की हुई है गीता को...क्यों जी मेरा अनुमान सही है ना..मैं तो आपके चेहरे को पढकर ही समझ गई थी..."
फिर अम्मा के पास बैठ कर उन्होंने उनके कंधे पर हाथ रखते हुए कहा..."खुशी मनाओ अम्मा जी आप दादी बन गई हो ।हरीश ने शादी के दूसरे साल ही आपको दादी बनने का सुखद अवसर दे दिया। यहाँ देखो दस साल हो गए हैं दादी बनने का सौभाग्यशाली सपना देखते-देखते...।बेटा बहू का अभी इस ओर ध्यान ही नही है..."
"अरे भई मैं तो कहती हूँ चाहे जो भी हो लड़का या लड़की समय पर हो तो घर की रौनकें बरकरार रहती हैं।ढलती उम्र में बच्चों की किलकारियां ही चेहरे की झुर्रियाँ कम कर पाती हैं...।आसान हो जाता है बच्चों से हँस बोल कर बुढ़ापा काटना..." कहते-कहते वह स्वयं ही कमरे में चली गई
" कैसी हो गीता बेटी " उन्होंने गीता के साथ साथ नन्हीं गुड़िया के माथे पर भी हाथ फेरा और उसकी बलायें लेते हुए बाहर आ गई ...।

34

प्राथमिकता

"हैलो... हाँ अनुपम कैसे हो भई,हो गई तुम्हारी तैयारी"
"कैसी तैयारी मित्र"मेरा यह प्रश्न उसको शायद अनपेक्षित सा लगा।
"क्या वाकई तुम कल का आयोजन भूल गए"
"कौन सा आयोजन भाई बताओ तो"
"अरे भई.. कल रविवार है ना... शाम 5 बजे परिषद की ऑन लाइन गोष्ठी है भई गुगल मीट पर...."
"कैसे साहित्य प्रेमी हो तुम... अहम दिन भूल गए..."उसने मुझ पर अपनी साहित्य धर्मिता का गर्वित अंदाज में रौब झाड़ते हुए आश्चर्य व्यक्त किया।
" पिछले सप्ताह ही तो सबने तय किया था मातृत्व दिवस को समर्पित सभी का रचना पाठ होगा।"
"खैर कोई बात नही ,अभी वक्त है ,तैयारी कर लो।वो क्या है कि,संचालन मुझे ही करना है तो सोचा सभी सदस्यों को फोन करके स्मरण करा दूं।बस इसीलिये..."
"ओह!!विद्यापति गृहस्थी के छोटे छोटे कामों के अलावा ऑफिस के काम का भी बोझ कुछ ज्यादा ही है इन दिनों...इसलिये गोष्ठी की बात दिमाग से बिल्कुल निकल ही गई।वैसे भी पिछले तीन चार दिनों से माँ की तबियत भी ठीक नही चल रही है न..।डॉक्टर साहब के परामर्श से ही उपचार हो रहा है,पर रात को उनके कमरे में ही सोना पड़ता है।ऐसे में

उन्हें अकेला छोड़ने का मन नही करता।इसलिये भी लेखन और चिंतन करने के लिए वक्त निकाल नही पाया अब तक...।हो सकता है मैं कल की गोष्ठी में शामिल न हो पाऊँ...।माँ पर काव्य सृजन के पहले मुझे उन्हें स्वस्थ रखने के प्रति दायित्व निभाना हैं...विषय पर लेखन के पहले अपनी कथनी और करनी की प्राथमिकता तय करना आवश्यक है मित्र..."

"सच कह रहे हो अनुपम माँ से बढ़कर कोई दूसरा नही है संसार में...माँ के त्याग,स्नेह,ममता और समर्पण को परिभाषित करना, उसके मोल को आँकना असंभव है।उसके असीमित प्यार दुलार को शब्दों में संजोना ,उन पर काव्य लिखना सूरज को दीपक दिखाने जैसा है....।

कल सुनाऊंगा माँ को संबोधित करती अपनी उत्कृष्ट और संवेदनशील रचना....तुम कल नही आओगे तो तुम्हे अभी ही सुना देता हूँ..।"

उसका रचना पाठ शुरू ही हुआ था कि,पीछे से आवाज आई। "पापा!!पापा दादी किचन में गिर गई हैं, वह आपके लिए चाय ला रही थी ,उन्हें बहुत चोट लगी है।मम्मी भी पार्लर गई हुई हैं...फोन छोड़िए और जल्दी आइये..." पर उसने शायद बेटे की आवाज सुनी नही या फिर सुन कर अनसुनी कर दी।तभी तो वह धाराप्रवाह मुझे माँ पर केंद्रित अपनी रचना सुनाने में मग्न था।जो उसे कल की गोष्ठी में सुनानी थी।

और मैं... जड़वत सा उसका काव्य वाचन सुनते हुए मन ही मन माँ के प्रति उसके दायित्वों की प्राथमिकता का आकलन करने में कहीं खो गया था।

"अरे अनुपम कहाँ खो गए भई ...कैसी लगी मातृत्व विशेषांक के लिए मेरी कविता।कुछ कहोगे नही....।"

प्रतिक्रिया देने के लिए मैंने खुद को असहज महसूस किया और मोबाइल बंद करते हुए अपनी माँ के कमरे की ओर चल दिया....।

35

दादू का खत

मेरी सबसे प्यारी बिटिया रानी कोमल
ढेर सारा प्यार-दुलार
आज तुम्हें बिना बताए मैं तुमसे दूर जा रहा हूँ... पर इतना भी दूर नही कि, तुम पर नजर न रख सकूँ...मेरे न रहने पर माँ पापा का ख्याल रखना है तुम्हे..घर की जिम्मेदारी अब तुम पर है...ठीक है ना...।

तुम तो अच्छी तरह जानती हो कि,तुम्हारे जन्म से लेकर अब तक मैं तुम्हारे हर जन्मदिन पर तुम्हें आशीर्वाद देने के लिए...तुम्हारे सिर पर हाथ फेर कर तुम्हे प्रोत्साहित करने के लिए उपस्थित रहता था।मुँहमाँगा गिफ्ट भी तो देता था तुम्हे...तब गिफ्ट लेकर तुम मेरे गले लग जाया करती थी।इसका एहसास ही तो मुझे ये खत लिखने पर विवश कर रहा है।

यह पहला अवसर है जब आज के ही दिन मुझे तुमसे बहुत दूर जाना पड़ रहा है।ऊपर वाले का बुलावा आ गया है ना...।

देखो लाडो.....!तुम मुझे पास न पाकर नाराज नही होना।आँख बंद करके मुझे याद भर कर लेना...तुम्हारा दादू आस-पास ही शाबाशियाँ देता,मुस्कुराता नजर आ जायेगा।जानती हो लाडो अब मैं महसूस करने वाली चीज हो गया हूँ।पर अदृश्य रह कर भी मैं हमेशा कठिनाइयों में तुम्हारी मदद करता रहूंगा।अरे उंगली पकड़ कर चलना सिखाया है तुम्हे...ऐसे ही अकेला भला छोड़ कर जा सकता हूँ मैं...।

वो तो आठ साल हो गए थे तुम्हारी दादी से बिछड़े...हर रात वह बुलाती थी मुझे...और मैं कभी तुम्हारी और कभी युवराज की जिम्मेदारी का तर्क देकर मोहलत मांग लेता था।कहता था कुछ बन जाए मेरी बिटिया रानी मेरी आँखों के सामने...।

पता है..इस बार भी मांगी थी मोहलत...पर दादी कहने लगी कब तक उसे अपने पैरों पर खड़े नही होने दोगे..।कहने लगी अब वो बच्ची नही रही...।जीने दो इसे अपना जीवन...बनने दो इसे आत्मनिर्भर...त्याग दो इसका मोह और आ जाओ मेरे पास ..हम यहीं से इसे आशीर्वाद देंगे...दुआएँ देंगे..।जोर देकर कहने लगी कि,वैसे भी बचपन से लेकर अब तक तुमने बहुत मेहनत की है इसे मनचाहे कैरियर में आगे बढ़ाने के लिए...।सुबह-सुबह मुँह अंधेरे जगाना ,खेल के मैदान में ले जाना ..प्रेक्टिस करवाना..फिर स्कूल छोड़ने जाना...लेने जाना...।सब तो किया है तुमने इसके उज्ज्वल भविष्य के लिए...।तुम्हारे दिए संस्कारों की बदौलत ही इसने हर मैदान फतह करना सीखा...अनगिनत ट्राफियां हासिल की ...।अब और क्या चाहिए तुम्हे...इससे आगे का भविष्य वह खुद सँवारेगी।तुम्हारी दादी कहने लगी तुम्हारे बिना मैं भी तो बहुत अकेली हूँ आठ सालों से...अब सबकी चिंता छोड़ो और आ जाओ मेरे पास।

सच कहूं तो इस बार तुम्हारी दादी जिद पर ही अड़ गई।और मैं भी उसका कहा टाल न सका...चला आया तुम लोगों से दूर बहुत दूर यहॉ दादी के पास सदा के लिये...।

देखो बेटा,तुम उदास बिल्कुल नही होना और न ही किसी को उदास होने देना।अपने लक्ष्य को कभी मत भूलना..।खूब मेहनत करना...।हर क्षेत्र में माँ पापा का नाम..अपने प्यारे दद्दू का, दादी का नाम रौशन करना..।

अच्छा बताओ तो आज गिफ्ट में क्या चाहिये तुम्हें...पर कान में बताना..पापा नाराज हो जाएंगे।उनका मानना है कि,मैंने तुम्हे सिर पर चढ़ा रखा है।तो फिर बताओ चुपके से....ठीक है मैं समझ गया।तुम्हारी ख्वाहिश जरूर पूरी होगी।

अच्छा अब चलता हूँ तुम्हारी दादी के पास...बुला रही है मुझे.. कहती है इतने लंबे अरसे बाद आये हो अब भी बिटिया से ही लगे हो

बतियाने..।ताना देते हुए कहती है इतने सालों में तुम्हारा दिल नही भरा क्या...

अब उसे कैसे समझाऊं बच्चों के लाड़ प्यार से भी कभी किसी का दिल भरा है आजतक..।बच्चों का भर जाता है।छोटा होता है ना.. ।कोई बात नही.. उम्र के साथ सबका दिल बड़ा हो ही जाता है।

अच्छा अब आखिरी बात ये खत जरूर पढ़ना... तुम्हें हौंसला मिलेगा और मुझे सुकून।ठीक है...रोना बिल्कुल भी नही...न किसी को रोने देना...।आज जन्मदिन है तुम्हारा.. खुशी खुशी मनाना।मेरा आशीर्वाद मेरी शुभकामनाएं तुम्हारे साथ हैं...और हमेशा रहेंगी।

और हाँ... हॉल में जो ट्रॉफियां रखी हैं ना.. उनमें बढ़ोत्तरी होती रहनी चाहिए।लापरवाही बिल्कुल नही करना...।

अब अलविदा लेता हूं।बस बर्थ डे केक जरूर काटना..मैं तुम्हारी दादी के साथ यहीं से हैप्पी बर्थ डे बोल कर तुम्हे विश करूंगा...।

तुम्हारा दादू दद्दू..तुम्हारा हितैषी... तुम्हारा गार्जियन और सभी कुछ...

"पापा....मम्मी इधर आइये....देखिये दादू को क्या हुआ...।"कोमल सुबकते-सुबकते डबडबाई आँखों को पोंछते हुए ऊपर के कमरे में सो रहे अपने मम्मी -पापा को आवाज देने के साथ-साथ दादू के निर्जीव शरीर को झंझोड़े जा रही थी।उनके सीने पर रखी डायरी का वह पृष्ठ अभी उसके सामने फड़फड़ा रहा था...।

36

संकल्प

सुबह की पहली किरण को उसने श्रद्धापूर्वक नमन किया,माँ के पैर छुए,घर के मंदिर में दो अगरबती लगाईऔर हमेशा की तरह निकल पड़ा अपनी मंजिल तलाशने।

दिन भर तपती धूप में भटकने के बावजूद उसे जब कामयाबी हासिल नही हुई,तो लौट पड़ा वह निराशाओं की गर्त में डूबा हमेशा की तरह बगल में डिग्रियों की फाइल दबाए घर की ओर...।पिता की झिड़कियाँ सुनने की तो आदत सी हो गई थी उसे।पिता की खीझ स्वभाविक थी।बेटा किसी अच्छे ओहदे पर पहुँचे तो बहू लाने का सपना पूरा हो...।

वह स्वयं भी खुद को कोसने के सिवा कर भी क्या सकता था।प्रयास तो कर ही रहा था किसी अच्छी सी कंपनी में जॉब के लिये।

आज घर लौटते हुए वह बहुत खिन्न था।मन की उधेड़बुन खत्म होने का नाम ही नही ले रही थी...।और कितनी मशक्कत करनी पड़ेगी अपना कैरियर बनाने में...।आखिर कब पूरे कर पायेगा वह माँ पापा के सपनों को पूरा।दोनों ने ही भाई बहन को पढ़ाने में अपना जी जान लगा दिया था।माँ गृहस्थी के दायित्व निभाते हुए सिलाई बुनाई करती और पिताजी दिन भर फेरी लगा कर रोजगार करते।बड़ी बहन बिदा हो गई थी समय पर अपने घर...यह सुकून वाली बात थी।पर वह अब तक बोझ बना हुआ था माँ पापा पर....।कभी-कभी सोचता इतनी ऊँची पढ़ाई भी किस काम की जो आदमी अपना स्टेट्स बनाने के फेर में कोई छोटा-मोटा काम

करने में भी शर्म महसूस करने लगे।
अपनी धुन में बढ़ते-बढ़ते अचनाक उसे ब्रेक लगाने पड़े।सामने रेड सिग्नल हो गया था।रुकते ही उसका ध्यान आसमान में ढलते सूरज की ओर चला गया । उसे लगा सूरज एकटक उसकी ओर ही देख रहा है ।आज उसे डूबते हुए सूरज की लालिमा बेहद आकर्षक लग रही थी।उसे लगा जैसे सूरज मुस्कुराते हुए उससे कह रहा है कि, ऐ नई पीढ़ी के युवा जवान निराश मत हो...मेरी तरफ देख...आसमान में इतना ऊँचा उठने के बाद भी सुकून की तलाश में मुझे हर शाम नीचे आना ही पड़ता है अपने आपको अगले दिन के लिए तरोताजा करने के लिए...।उसे लगा जैसे वह कह रहा हो कि बेटा बहुत तपना झुलसना पड़ता है अपनी पहचान बनाने के लिए।और एक बार पहचान बन गई तो लोग ऊगते-ढलते सूरज को प्रणाम करने लगते हैं।तू भी कोशिश जारी रख.. शाम को घर में डूब...मगर दूसरे दिन फिर निकल नई ऊर्जा के साथ काम की तलाश में... अचनाक ही उसके पीछे खड़ी गाड़ियों के हॉर्न एक सुर में बजने से उसकी तन्द्रा भंग हुई और वह निराशा का गुबार पीछे छोड़ता हुआ फुल स्पीड में घर की ओर फर्राटे भरने लगा ...दूसरे दिन तैयार बर तैयार होकर नई उम्मीद और आत्मविश्वास के साथ काम की तलाश में घर की दहलीज लाँघने के लिए....।आज उसे उत्साहित करने वाला सच्चा हमसफ़र जो मिल गया था सूरज के रूप में....।आखिर उसे भी तो एक दिन सूर्य सा चमकना है,अपने हिस्से के आसमान पर...।आज उसने दृढ़ संकल्प कर लिया था कि,अब वह ढलेगा भी तो फख्र के साथ और ऊगेगा भी सीना तान कर...अपनी नई पहचान के साथ...।

37

चुल्लू भर पानी

देवेंद्र ने घर में प्रवेश करते ही जोरदार आवाज लगाई "कहाँ चले गए सब...घर में कोई है कि नही....।"

आवाज सुनते ही रानी पानी का गिलास लेकर बाहर आई।"लीजिये पापा आराम से बैठ कर पानी पीजिए और हाथ मुँह धोकर फ्रेश हो जाइए...मैं चाय बना कर लाती हूँ.. लाइए लेपटॉप मुझे दीजिये..."कहते-कहते रानी ने उनके हाथ से बैग और टिफिन ले लिया...।

जैसे ही वह मुड़ी देवेंद्र फिर खीजते हुए बोला "कहाँ है तुम्हारी महारानी...आराम फर्मा रही होंगी..हम दिन भर ऑफिस में खटते रहें..बॉस की जी हजूरी करें..और ये महारानी आराम से पलंग तोड़ती रहें...भेजो उसे बाहर..।"

रानी को अब तक एहसास हो चुका था कि,पापा आज दोस्तों के साथ फिर पैग लगा कर आये हैं...।आये दिन उनका रवैया ऐसा ही सख्त होता जा रहा था...।ऑफिस में यस सर..यस सर और घर में...एक हुक्मरान की तरह फरमान पर फरमान..।माँ को तो कुछ समझते ही नही...।वह ठहरी लड़की..समझ नही आता इस अत्याचार का विरोध कैसे करे..।

"पापा... माँ की तबियत ठीक नही है आज ..बहुत तेज बुखार है उन्हें..."

"अरे खूब जानता हूँ उसकी बहानेबाजी...मैं क्या जानता नही उसके मिजाज को..."और फिर भीतर की ओर रुख करते हुए लगभग चीखते हुए बोले "नन्दनी बाहर आओ जरा ...तुम्हारा ताप उतारना है...।"

ताप उतारने के नाम पर रानी सहम गई..। पापा की गर्ममिजाजी का अंदाजा था उसे ,इसलिये उसने पापा के सामने से हटना ही उचित समझा..।वह भीतर जाने को ही थी कि,इंदर भी बाहर से आ गया..।आते ही वह भी पापा की शैली में रानी पर गुर्राया...

"रानी सुबह जीन्स धोने के लिए दी थी ....धो कर प्रेस कर दी है ना..." और फिर उसे जूते उतार कर देते हुए कहा "ये लो जूते वॉशरूम में ले जाकर अभी ही धो दो...मुझे कल कॉलेज की ट्रिप में जाना है दोस्तों के साथ....समझ गई ना.. ।"

इतने में ही मम्मी ड्राइंग रूम में आ गई "क्यों इतना शोर कर रहे हो दोनों..मेरा सर दर्द से फटा जा रहा है...।"

"तुमसे कितनी दफा कहा है ...एक आवाज में आ जाया करो सामने...चलो भीतर तुम्हारी तबियत ठीक करता हूँ अच्छी तरह..."

"इसके सिवाय तुम्हे कुछ आता भी है क्या...रोज-रोज पी कर आ जाते हो ...अरे बच्चों के सामने तो ठीक से पेश आया करो ....इंदर में भी अब तुम्हारे ही लक्षण दिखाई देने लगे हैं...।"

"मेरे से जुबान मत लड़ाया करो..मुझे अच्छी तरह जानती हो तुम..।ठहरो बच्चों के सामने ही ठीक करता हूँ तुम्हे..।"और इसी के साथ उसने बेवजह ही अपना रौब जताने के लिये नन्दिता पर हाथ उठा दिया..।हालाँकि उससे ठीक से खड़े रहते भी नही बन रहा था...लड़खड़ा कर गिरता इसके पहले ही रानी ने उसे संभाल लिया ।और बोली.."क्या पापा...आप तो कहते हो मेरी रानी बिटिया शहजादी है... राजकुमार ही होगा इसका दूल्हा...जहाँ जाएगी राज करेगी ....।ऊँचे-ऊँचे सपने दिखा कर बहलाते रहते हो।यदि वहाँ भी आप जैसा पति और इंदर जैसा देवर मिल गया, तो क्या खाक राज करूँगी मैं...।नशा उतर जाए तो सोचिएगा जरूर....।"

इसी के साथ उसने आधा बचा पानी का गिलास उसके सामने कर दिया।एक हाथ से गिलास पकड़ते हुए वह रानी के सर पर प्यार से दूसरा हाथ फेरते हुए बुदबुदाया "ये कमबख्त दारू छूटती ही नही..." फिर गिलास की और घूरते हुए बोला ..." काश इस चुल्लू भर पानी में मैं डूब पाता...।और इसी के साथ वह धम्म से सोफे पर बैठ गया....।

38

हरदिल अजीज

"हैलो..!अंकल क्या हुआ ...तबियत ठीक नही लग रही आपकी....मैं कुछ मदद करूँ ...."

शास्त्री जी बहुत देर से सीना दबाए फुटपाथ पर अधलेटे पड़े थे।मार्निंग वॉक करने वाली कई हृष्ट-पुष्ट विभूतियां उन्हें अनदेखा करते हुए पास से निरन्तर गुजर रही थी...।पर किसी ने इंसानियत के नाते उनकी खैरियत पूछने में अपना वक्त जाया नही किया।और यदि किसी ने अपने मन के आदेश पर रुकने की कोशिश की भी तो उसे यह कह कर रोक दिया गया कि,"अरे छोड़ो...पड़ा रहने दो...रात की उतर जाएगी तो खुद ही चला जायेगा..."कोई ये तक बोल कर चला गया कि,"इन बूढ़ों को भी इस उम्र में चैन नही है....चले आते हैं घूमने-फिरने....अरे सेहत गवारा नही करती तो बाहर निकलना ही क्यों.. न खुद चैन से रहते हैं और न घर वालों को रहने देते हैं..."वगैहरा-वगैहरा कई कमेंट आने के बाद इस युवा बिटिया ने उनकी ओर मदद का हाथ बढ़ाया था।उन्होंने भी अपना हाथ उस अनजान बेटी के हाथ में निःसंकोच दे दिया।उन्होंने सहारे से उठने की कोशिश की पर उठ नही पाए ...।अपनी सहेली के साथ मिल कर उसने उनका चेहरा और कपड़े साफ किये।

"प्रभा...देख यह तो पसीने से भीगे हुए हैं..आँखे भी बंद हो रही हैं...यकीनन हार्ट अटैक का दौरा लग रहा है..."वह उनकी नब्ज टोटलते हुए बोली...

"मुझे भी ऐसा ही लग रहा है नीलू...तू हॉस्पिटल फोन करके एम्बुलेंस बुलवा...तब तक मैं इनके घर बात करती हूं..." और उसने शास्त्री जी की जेब से मोबाइल निकाल कर सर्च करना शुरू कर दिया..। हरदिलअज़ीज के नाम से सेव नंबर को दो-तीन बार डायल करने पर उधर से उनींदी सी आवाज सुनाई दी " अब क्या हुआ पापा...आपको कितनी बार कहा है हमारी नींद खराब मत किया करो...आ जायेगी आपके टाइम पर सुधा नीचे...थोड़ी देर चाय के बिना रह नही सकते आप.....रात भर आपके खर्राटे सोने नही देते.. ऊपर तक आवाज आती पता है आपको...चलो रखिये फोन...."

"मैं प्रभा बोल रही हूं भाईसाहब...आपके पिताजी को अटैक आया है....यहाँ फुटपाथ पर पड़े थे....हम उन्हें हॉस्पिटल ले जा रहे हैं...आप बिना देर किए सीधे वहीं आ जाइए...।"

हरदिलअजीज हैलो... हैलो करता रह गया..और संबन्ध विच्छेद हो गया।इस आकस्मिक खबर ने उसे पूरी तरह जगा दिया था।"सुधा ...अब उठ भी जाओ ...हॉस्पिटल चलना है।पापा को फिर से अटैक आया है..."

"हाँ..हाँ सुन लिया मैंने"उसने बिना आँखे खोले प्रतिक्रिया दी "तुम चले जाओ...मुझे रेस्ट करने दो....रात भर तुम्हारी उठा पटक और दिन भर घर की खटपट के साथ तुम्हारे पापा की सेवा....मेरी तो यही जिंदगी रह गई है बस.."वक्त की नजाकत का एहसास किये बिना उसका परम्परागत खीजना जारी था.....।

हरदिलअजीज को तैयार होते-होते लगभग 45 मिनट लग ही गए।और जब गाड़ी स्टार्ट करने लगा तो उसे याद आया ....हॉस्पिटल का नाम तो पूछा ही नही...।"हैलो...प्रभा जी कौनसे हॉस्पिटल में ले गए हैं पापा को ....मैं बस निकल ही रहा हूँ घर से...."

"जी..वेदांता में आ जाइये आप...पर अब कोई जल्दी नही है.." उसने महसूस किया आवाज रुआंसी हो रही है....हिचकियाँ भी साफ सुनाई दे रही थी..।

"क्या हुआ प्रभा जी बताइए तो सही..."

"बहुत कोशिशों के बावजूद हम आपके पापा को बचा नही पाए भाईसाहब.....अब आपको पापा के खर्राटे कभी परेशान नही करेंगे।वह

सदा के लिए चैन की नींद सो गए हैं "।

बोलते- बोलते वह नीलू के गले लगकर फूट-फूट कर रोने लगी।

"देखा नीलू...! आज थोड़ी देर के लिये ही सही पापा ने मुझे अंकल के रूप में दर्शन दे ही दिये...।मैंने तो बचपन में ही पापा को खो दिया था.. ।पापा के स्नेहिल स्पर्श को महसूस करने के लिए मैं तो तरस ही गई थी....।पर आज पापा के आत्मीय रिश्ते का एहसास हो ही गया।तुमने देखा वह अंतिम क्षणों में भी हरदिलअजीज को ही याद कर रहे थे... "

अचानक उन्हें बदहवास सा दौड़ता हुआ एक युवक अपनी ओर आता दिखाई दिया ...।प्रभा और नीलू स्ट्रेचर के पास ही खड़ी थी।जैसे ही हरदिलअजीज ने स्ट्रेचर पर पड़ी बॉडी के चेहरे से चादर हटाई ....वह फफक कर शास्त्री जी के निर्जीव शरीर से लिपट सा गया।सुधा को फोन लगाने के लिये जेब से मोबाइल निकाला पर थरथराते...कांपते हाथों से वह छूटकर नीचे फर्श पर गिर गया और गिरते ही पुर्जा-पुर्जा हो गया... ठीक उसके दिल की तरह....।

39

हस्तक्षेप

"हैलो!!..हाँ बेटा कैसी हो..क्या कर रही हो...स्वास्थ तो ठीक है न तुम्हारा...ख्याल रखा करो अपनी सेहत का...।हमारा संजू कैसा है...पढ़ाई कैसी चल रही है उसकी...।" नन्दनी नियमानुसार रोज की तरह बिटिया का हालचाल लेने के लिए बिना किसी प्रतिउत्तर के फोन पर धारा प्रवाह बोले जा रही थी..।

" बृजेश ऑफिस चला गया क्या..?तुम तो सबकी सेवा चाकरी करते-करते थक जाती होगी...।सासू माँ क्या कर रही है तुम्हारी।पाठ पूजा से फुर्सत मिली कि नही उनको...।किचिन में लगाया करो उन्हें।काम वाली बाइयाँ तो आ नही रही होंगी इन दिनों...।बैठे-बैठे झाड़ू पोछा बर्तन तो कर ही सकती हैं वह.....।तुम अकेली जान कब तक खटती रहोगी ...।बोल कर करवाया करो उनसे घर के काम..।अरे!!एक जगह बैठे रहने से हाथ पाँव जड़ हो जाते हैं...तबियत ढ़ीली पड़ जाती है,सो अलग..।"

"मुझे तो हर वक्त तुम्हारी चिंता खाये जाती है।इस मुई महामारी ने तो सबके पर ही काट दिए हैं...वरना मैं तो कब की तुम्हें और संजू को ले आती कुछ दिनों के लिये।तुम्हें भी थोड़ा आराम मिल जाता...।"

"अरे....!! समधन जी ...आप थोड़ा होल्ड करेंगी..मैंने वो गैस पर कूकर चढ़ाया है न ...उसे उतार कर फिर करती हूँ आपसे बात...."

"समधन जी माफ कीजियेगा आपको होल्ड करवा कर मैं वाशिंग मशीन से कपड़े निकाल कर बाहर डालने चली गई थी...।अब आप बेहिचक जारी

रख सकती हैं अपनी बात..।वैसे मैं आपको बता दूँ सुनंदा अब आपकी नही हमारी बेटी है...।आपसे अधिक हमें उसकी चिंता रहती है..।अभी वही मुझे फोन थमा कर संजू के कमरे में गई है..वो संजू की ऑन लाइन पढ़ाई चल रही है न...।हम दोनों माँ बेटी बहुत समझदारी से आपस में मिल-बांट कर काम कर लेते हैं...बिना किसी के हस्तक्षेप किये सारे काम आसानी से हो जाते हैं...।संजू से फ्री हो कर बात करती है सुनंदा आपसे...।"दूसरी तरफ की बोलती तो बंद हो चुकी थी शायद...सिवाय हूं..हाँ..के कोई प्रतिक्रिया न पाकर वह फिर बोली"आप कहाँ खो गई समधन जी...क्या आप भी रसोई में हाथ बंटाने चली गई हैं बहू का...।"

"नही ..नही वो मेरे फोन की बैटरी खत्म हो रही है शायद..ठीक से आवाज नही आ रही है आपकी...।"और इसी के साथ ही संवादों का पटाक्षेप हो गया।

40

लक्ष्मी

‘हेलो…!कौन …क्या मैं पाठक साहब से बात कर सकता हूँ…’
‘जी…मैं पाठक ही बोल रहा हूँ …वैसे आप कौन साहब बोल रहे हैं…’
‘पाठक साहब मैं विनयकुमार बोल रहा हूँ बाल आश्रम से…आपने कुछ वर्षों पूर्व हमारे यहाँ नवजात बच्चे को गोद लेने के लिए आवेदन किया था …।उस समय नवजात बच्चा हमारे यहाँ उपलब्ध नही था….’
‘पाठक जी ने उन्हें बीच में ही टोकते हुए कहा "विनय जी इस बात को तो पाँच बरस हो गए हैं…अब तो…’
विनय जी ने पूरी बात सुने बिना कहा ‘वो क्या है पाठक साहब…इस बीच नवजात बच्चे तो हमारे यहाँ दाखिल हुए, पर वह सब लड़के थे ..और आप तो जानते ही हैं हमारे समाज में बेटों की चाह रखने वालों की तादाद अधिक है।इसलिए उन्हें माता-पिता मिलने में कोई दिक्कत नही हुई…।पर अब एक लावरिस बच्ची हमें मिली है..।पूरे दस महीने हो गए हैं,कोई इसे गोद लेने आगे नही आया…पुराना रजिस्टर चैक किया तो सूची में आपका नाम दिखा…।आप अगर इस लावारिस को अपना नाम दे देते तो…’
"अरे भई.. आप मेरी बात सुन नही रहे हैं…उस समय हम निसंतान थे…हमारी शादी को भी सात साल हो गए थे…।इसलिए आये थे आपके यहाँ…।लेकिन दो साल हुए हमारे यहाँ ईश्वर की कृपा से बेटा हुआ है।और हम उसे पाकर संतुष्ट हैं…और फिर आपके अनुसार यह नवजात लड़की

है...जो आपको किसी कचरे के ढेर में मिली है...।नही...नही हम इसे नही अपना सकते...'इतना कह कर वह फोन काटने ही वाले थे कि,सुमिता ने उनके हाथ से फोन ले लिया...

"नमस्ते भाईसाहब... बहुत अच्छा हुआ आपने हमें सूचना दी...आप निश्चिंत रहिए हम कल ही उसे गोद लेने के लिए आ रहे हैं....दीपावली के अवसर पर खुद घर चल कर आई लक्ष्मी को अपनाने से भला हम कैसे इंकार कर सकते है...हमारे जैसा भाग्यशाली तो कोई दूसरा हो ही नही सकता...।आप कागजी कार्यवाही पूरी कीजिये हम कल समय पर पहुंच जाएंगे। अपने छोटे से घर मे साक्षात लक्ष्मी की स्थापना कर हम दोनों को बहुत खुशी होगी..."

पाठक जी सुमिता को बड़े गर्व से देख रहे थे...।उनकी नजरों सुमिता का कद बहुत ऊंचा हो गया था।

41

उम्मीद

"रामभजन ....बरसों संभाल कर रखे इन खिलौनो को स्टोर से बाहर क्यों निकाल रहे हो।चलो साफ करके सब फिर से भीतर रखो ...जरा करीने से रखना ...बहुत महंगे खिलौने हैं। बड़े चाव से जमा किये हैं हमने।और हाँ.... वो घुंघरुओं वाली वाकर भी पॉलीथिन में अच्छे से रख देना"

"पापा जी ये सारे खिलौने मम्मी जी ने मुझे घर ले जाने के लिए दिए हैं।वो क्या है कि, दो तीन दिन से गुड्डो ने अपने पाँव चलना शुरू कर दिया है न....।"

"आज मम्मी जी को बताया तो उन्होंने ही मुझे गुड्डो के लिए उपहार स्वरूप ये सब ले जाने के लिये कह दिया है"।

रामभजन का जवाब सुनते ही विपिन जी ने उन निर्जीव खिलौनो पर दुलारमयी दृष्टि डाली और बरामदे में आरामकुर्सी पर उदास बैठी ममता जी के पास लगी कुर्सी पर बैठते हुए उनका हाथ अपनी हथेलियों से दबा दिया।

"क्यों भागवान... ऊपर वाले से भरोसा उठ गया है क्या।"

"नही जी वो बात नही है जी.." ममता जी ने उनका आशय समझते हुए कहा ।उन्होंने भी पति की हथेलियों पर अपना दूसरा हाथ रखकर उनके चेहरे का गौर से मुआयना करते हुए चश्मे के उस पार कमजोर होती जा रही आँखों की कोरों पर टिकी बूंदों को देखा।और अपनी भीगी पलकों को साड़ी के पल्लू से साफ करते हुए कहा...

"अब छोड़ो भी ना... इन बेजान खिलौनों से काहे की मोह ममता।ईश्वर की कृपा हुई तो और ले आएंगे इससे भी अच्छे खिलौनें । चेतन का प्रोजेक्ट् भी तो पूरा होने ही वाला है।अभी ले जाने दीजिये रामभजन को ये सब।बेवजह ही स्टोर घेर कर रखा है इन्होंने।"

प्रोजेक्ट के जिक्र ने उनके भीतर की खीज को फिर से ताजा कर दिया।उनका व्यथित होना लाज़मी था।बारह वर्षों से वह चेतन के दिलासों पर ही तो जी रहे थे।इन बीते वर्षों में चेतन के कितने ही प्रोजेक्ट पूरे हुए पर माता पिता को उसके द्वारा दिये गए आश्वासन कभी पूरे नही हुए।उन्होंने भारी मन से पत्नी की बात पर मोहर लगाते हुए कहा "ले जा रामभजन सब। पर एक शर्त है सप्ताह में कमजकम एक दिन गुड्डो को यहाँ जरूर लाना।ताकि हम दोनों भी तुम्हारी गुड्डो के साथ कुछ पल बहल सकें।"

"जी पापा जी जरूर लाऊंगा गुड्डो को..वह भी दादा दादी से मिलकर खुश हो जायेगी।"कहते हुए वह सारे खिलौनें सायकल से लटके झोलों में सहेजते हुए सोचने लगा कि,

घर जाकर जब वह गुड्डो को यह सब खेलने के लिए देगा तो वह इन्हें देख कर कितनी खुश होगी ।वैसे भी वह उसे देखते ही मचलने लगती है।गोद में उठा कर उसे सीने से लगा कर ही तो दोनों को आत्मिक सुख मिलता है। सोचते सोचते

रामभजन सायकल पर सारा सामान जमा कर निकलने ही वाला था कि,बाहर चेतन की गाड़ी बड़ी तेजी से रुकी।

"लो जी आ गए बच्चे भी।रामभजन गेट खोल दे।"

रामभजन ने साइकल किनारे स्टैंड पर खड़ी की और गेट खोलने का उपकर्म किया।

कार के रुकते ही वह दोनों बच्चों के स्वागत के लिए उठ खड़े हुए।पर यह क्या चेतन चित्रा को सहारा देते हुए भीतर ला रहा है। "क्यों क्या हुआ इसे..." माँ ने बेचैनी से चेतन से पूछा।

"कुछ नही माँ दोपहर से इसे उबकाइयाँ आ रही हैं।फ्रेश हो कर क्लिनिक में दिखा लाता हूँ इसे।"

पर उन्होंने बेटे की बात को अनसुना करते हुए बहु की नब्ज पकड़ी और

कमरे के भीतर ले जा कर उसकी खैरियत लेते लेते अनुभवी नजरों से एकपल में उसके शरीर का परीक्षण कर डाला।उबकाइयों के मूल मर्ज को भांपते ही उनके चेहरे पर हल्की सी मुस्कान दौड़ गई। दोनों हाथों की मुट्ठी बंद कर उन्होंने बहु की बलाये ली और रसोई में जाकर घरेलू उपचार में व्यस्त हो गई।तब तक विपिन जी भी कमरे में आ गए।"क्या हुआ बहु....अब तबियत कैसी है....।"

विपिन जी की आवाज सुनते ही ममता जी ने उन्हें टोक दिया" चिंता मत कीजिये जी...बहु बिल्कुल ठीक है।"और इतना कहते ही वह विपिन जी के कान में धीरे से फुसफुसाई।

"बहु उम्मीद से है जी...."और फिर खुशी के मारे लगभग चीखते हुए बोली"जाओ बाहर जा कर रामभजन से सारे खिलौने स्टोर में फिर से रखने के लिए कह दो।"

42

पिठ्ठकोली

"क्यों जी...आज घूमने नही जाना है क्या..।चलिए उठिए घूम आइए जरा बाहर ताजी हवा में।"इतना कहते ही वह खुद रोजमर्रा की दिनचर्या में जुट गई।उसकी सुबह सवेरे की सैर तो गृहस्थी के कामकाज निपटाते-निपटाते ही हो जाती थी।

मनोहर बाबू ने भी बिस्तर समेटा और चश्मा लगा कर बाहर जाने के लिए उठ खड़े हुए।उन्होंने अर्धांगनी द्वारा आराध्यदेव के समक्ष जलाए दीपक पर हथेलियां फेरी और ईश्वर का वंदन करते हुए बड़े पार्क की ओर बढ़ गए।

पार्क क़े बीचोबीच एक घेरा बना कर 10/12 बुजुर्ग दोनों हाथ उठा कर हास्य योगा कर रहे थे।उन्होंने उस समूह पर उचटती सी नजर डाली और पार्क में चहलकदमी करने लगे। पौधों पर खिली नई कलियाँ उन्हें रोज कुछ पल रुकने के लिए बाध्य करती ।क्षमता के मुताबिक पाथ वे पर चक्कर लगाने और अंकुरित कलियों से मन की बातें करने के बाद वह विश्राम के लिए बेंच पर बैठ गए।

"अरे मनोहर बाबू यहाँ गुमसुम से अकेले बैठे हो।"सोलंकी बाबू ठहाके मारते समूह से निकल कर उनके पास आ कर बैठ गए थे।"चलो न ..वहाँ सबके बीच थोड़ा सबके साथ तुम भी ठहाके लगा लो।सुबह सुबह हँसने से दिन भर ताजगी रहती है।तनाव भी खत्म होता है "

"नही सोलंकी यहीं ठीक हूँ।दस मिनट बैठूंगा ।चला जाऊँगा फिर...।तुम

जाओ ज्वाइन करो सबको।"
"नही थोड़ी देर अब तुम्हारे पास ही बैठता हूँ"उन्होंने मोबाइल में टाइम देखते हुए कहा।"और सुनाओ घर पर सब ठीक है न...।अब तो लॉक डाउन भी खुल गया है भई... ।भाभी जी को भी साथ ले आया करो।तुम्हारे साथ टहल कर उनका भी दिल बहल जाएगा।"
"कहता तो मैं भी हूँ.. पर वह घर से बाहर निकलती ही नही।"और फिर लंबी साँस छोड़ते हुए बोले"बचती है बेचारी मिलने जुलने वालों के रटे रटाये प्रश्नों के दोहराव से...।सच कहूं... तो अब मुझमें भी हिम्मत नही है कि,मित्रों रिश्तेदारों के तंज कसते प्रश्नों का उत्तर दे सकूँ।"
"आ जाता हूँ इसीलिये सुबह शाम यहां मन बहलाने।चार साल हो गए दोनों को घर छोड़ कर गए।बबली एक साल की थी तब।जब सुमंत और सुमन मुंबई चले गए थे यह वादा करके कि छै महीने बाद आपको भी साथ ले जाएंगे।पर चार साल बाद भी न कोई खबर आई और न ही वह खुद आये।मोबाइल भी बदल गया है शायद...।नम्बर लगता ही नही है।तुम्हीं बताओ इतनी उपेक्षा करता है कोई माँ बाप की।" भावावेश में वह आंखों को नम होने से बचा नही पाए।
"दादा जी दादा जी......चलिये अब घर।आज तो मैं थक गई।"मनोहरबाबू ने चहकते हुए आवाज की दिशा में अपनी बाहें फैलाई ,पर तब तक वह सोलंकी बाबू की उंगली थाम चुकी थी।
"अच्छा मनोहर चलता हूँ..आ गई ये शैतान ....हमारी प्यारी सी गुड़िया "इतना कहते ही उन्होंने गुड़िया को पिठ्ठकोली ले लिया।
मनोहर बाबू कभी उनकी पीठ पर चढ़ी गुड़िया से नजर हटा कर झूला झूलते,शोर मचाते,आगे पीछे दौड़ते बच्चों को निहारने में मग्न हो गए।
अचानक उनकी आँखों को दो कोमल हथेलियों ने ढंक लिया।"दादाजी....दादाजी बताइए मैं कौन हूँ।"तुतलाती आवाज ने उन्हें स्तब्ध कर दिया।वह सर से पांव तक जड़ होते जा रहे थे।फिर भी थोड़ा संयमित होते हुए उन्होंने पीछे मुड़ने का जतन किया।"नही दादाजी पीछे मत घूमिये ...मैं आपकी बबली हूँ।मुझे पिठ्ठकोली लेकर घर चलिये... माँ पापा आपको और दादी को लेने आये हैं।अब आप दोनों हमारे साथ ही रहोगे।"

मनोहर बाबू के पैर भारी हो रहे थे,पर कदमों में पहले से अधिक तेजी थी।उन्होंने दोनों हाथ पीछे करते हुए बबली को कस कर पीठ से लगा लिया था।वह फिर से कोई धोखा नही खाना चाहते थे।

बड़ी तेजी से वह घर के दरवाजे तक पहुंचे।बबली की दादी दरवाजे पर पहले से ही खड़ी थी।देखते ही बोली"आज कहाँ देर हो गई...कब से चाय बना कर रखी है...और यह हाथ पीछे बांध कर क्यों आ रहे हो।"

मनोहर बाबू चौंके !!बार-बार हाथों को पीठ पर मारते हुए गोल-गोल घूमने लगे।

बबली की दादी घबराई हुई दौड़ कर पास आई और उन्हें लगभग झंझोड़ते हुए बोली"पागल हो गए क्या आप।होश में आओ...चलो भीतर चल कर बैठो।मैं चाय गर्म कर लेती हूँ।मनोहर बाबू आरामकुर्सी पर बैठ तो गए पर उनके दोनों हाथ अभी भी पिठ्ठकोली पर बबली को ढूंढ रहे थे.......और बबली उनका भ्रम तोड़ते हुए हाथों से कब की फिसल कर दूर...बहुत दूर जा चुकी थी!!!

43

परदा

"मैं जा रहा हूँ सुरिंदर टहलने...।आता हूँ थोड़ी देर में...फिर साथ बैठ कर चाय पियेंगे...."रोज की तरह उसने भीतर आवाज लगाई और बाहर आ कर दरवाजे पर ताला लगा दिया।

"चल वाघमारे...आज थोड़ा दूर तक चलते हैं.."

"भई हरविंदर तुम रोज भाभी कोआवाज देकर बाहर से ताला लगा देते हो।भाभी को बुरा लगता होगा न...।"

"अरे वाघमारे 45 साल हो गए हमारी शादी को...आज तक वह नाराज नही हुई...।

मुझसे नाराज हो कर जाएगी कहाँ बेचारी...वैसे भी इतने सालों बाद पति-पत्नी एकदूसरे के भावों को भली-भांति समझ लेते हैं।छोटी-छोटी बातों से नाराज होने का तो सवाल ही नही उठता..वो क्या है कि,....सुबह चार बजे से उठ जाती है वो..पूरे बरामदे को बुहारने के बाद पानी का छिड़काव करती है...फिर रोज सुंदर सी रंगोली बनाती है...उसके बाद ध्यान सुमरिन के वास्ते पालथी मारकर बैठ जाती है...पूजा घर में।मैं उसे डिस्टर्ब नही करना चाहता।इसलिये बाहर से ताला लगा देता हूँ।"

सुबह-सुबह रांगोली देखकर मैं भी भाभी के प्रति नतमस्तक हो जाता था...।

लगभग आठ महीने पहले ही तो परिचय हुआ था हरविंदर से।रोजना वह भी पार्क में सैर करने आता था।एक दो बार सतश्रीअकाल हुई ..तो

धीरे-धीरे घनिष्ठता बढ़ती गई। सिखों के व्यक्तित्व का प्रभाव मुझ पर पहले से ही था ।इसलिये चंद मुलाकातों में ही हम अच्छे मित्र बन गए थे।बताया था उसने अपने बारे में कि, दो बेटे हैं उसके...एक आर्मी में है। सीमा पर तैनाती है उसकी।अभी कंवारा है...दूसरा जॉब पर है। यहीं दूसरे इलाके में बहू के साथ रहता है।बेटे ने ही यहाँ अलग घर लेकर दिया है...ताकि हम लोग इस उम्र में अपने मन मुताबिक जी सकें और उन्हें भी जीने दें....।

"चल भई वाघमारे चलें वापस...।तुम्हारी भाभी मेरे बिना नाश्ता तो दूर चाय तक नही पीती...इंतजार कर रही होगी...।"

"हाँ ..हाँ चलो ..वापस अब...आज का कोटा तो हो गया पूरा...।मेरा हाल भी बिल्कुल तुम्हारे जैसा ही है दोस्त...पत्नी तो है नही ...पर बच्चे बहुत चाहते हैं मुझे...मेरे बगैर वह भी ब्रेकफास्ट नही करते...घर पहुंचता हूँ तो सब डायनिंग टेबल पर इंताजर करते हुए मिलते हैं।देर हो जाती है तो नाराज होने लगते हैं....।

आहिस्ता-आहिस्ता कदमताल करते आना और तेज कदमों से लौटना हमारी रूटीन में आ चुका था ।

उसका घर आ गया था।कल फिर मिलेंगे कह कर वह ताला खोल कर भीतर चला गया। मैं हमेशा की तरह हिलते हुए पर्दे को देखते हुए आगे बढ़ गया। इतने महीनों में एक बार भी उसने मुझे भीतर आने के लिए नही कहा..और न ही मैंने उस कभी दावत पर बुलाया...।मेरा मानना था कि दिल मिलने चाहिए बस...।वैसे भी आज के दौर में दावतें कब अदावत अख्तियार कर लें..कह नही सकते।

आज भी मैंने उसे आवाज लगाई ...वो बाहर आया और तुम चलो आगे.. मैं थोड़ी देर में आता हूं कहकर भीतर चला गया।मैंने भी हिलते पर्दे से नजरें हटाई और सैर को आगे बढ़ गया।

काफी देर प्रतीक्षा की पर वो नही आया।वापसी करते समय मेरा ध्यान फिर पर्दे की ओर गया।वैसे किसी के घर में बिना बताए दाखिल होना गलत था...पर आज उसके सैर पर न आने का कारण जानने की उत्सुकता ने मेरे कदमों को पर्दे के भीतर जाने के लिये प्रेरित किया ।

बरामदे की रांगोली बहुत ही सुन्दर लग रही थी।भाभी जी के इस आर्ट पर

वाह कर उठा मन...।

आखिर पर्दा उठा कर मैं भीतर प्रवेश कर ही गया।सामने ही किचन था।हरविंदर चाय छान रहा था ।वह ट्रे लेकर बाहर आया तो मुझे देखते ही सकपका गया।

आगुन्तक ईश्वर का दूसरा रूप होते हैं।उसे यह ज्ञात था।इसीलिये मुस्कुराते हुए बोला "आओ वाघमारे बैठो सोफे पर ..मैं तुम्हारी भाभी को चाय देकर आया।"मैंने देखा वह दूसरे कमरे का पर्दा उठा कर भीतर प्रवेश कर गया था।करीब दस-पन्द्रह मिनट पश्चात भी जब वह बाहर नही आया तो मैंने ही दूसरा परदा हटाने का निर्णय लिया।और जैसे ही पर्दा हटाया तो आंखे खुली की खुली रह गई....।वह सहारा देकर भाभी जी को बिस्तर पर बिठा कर चाय पिला रहा था।मुझ पर नजर पड़ते ही बिना नाराज हुए बोला.."वाघमारे तुम्हारी भाभी को पैरालाइसिस है..पिछले दो साल से।मुझे ही देखभाल करनी होती है।अपना दुख बताकर किसी को परेशान नही करना चाहता था।इसलिये तुम्हें कभी नही बताया।

बच्चों ने ये अलग घर ले ही दिया है।यहां तुम्हारे जैसे दोस्त भी मिल गए हैं।कट जाएगी इसी तरह जिंदगी एक दूसरे को सहारा देते।चलो बाहर बैठते हैं।मैं तुम्हारे लिये भी चाय लाता हूँ।"

मैं फिर चिंतित मुद्रा में सोफे पर बैठ गया।

अभी चाय का पहला घूंट ही भरा था कि ,दरवाजे पर जोर से दस्तक हुई।आवाज पहचान कर मैं भी यंत्रवत खड़ा हो गया।

"काय पपा...तुम्ही इथे आराम शी चहा पिउन राहले...आम्ही तुमची घरी वाट बघित होतो।(क्या पापा आप यहां आराम से बैठ कर चाय पी रहे हैं और हम वहां घर पर आपका इंतजार कर रहे हैं।)

"अब जाइये भी घर...हम दोनों आफिस जा रहे हैं।ये लीजिये चाबियाँ"और उसने मेरी तरफ चाबियाँ उछाल दी।जिसे मैंने अपने सिद्धहस्त हाथों से लपक लिया।

"बिट्टू को तैयार कर के स्कूल छोड़ना है।उसे टिफिन भी तैयार कर के देना है ।पता है न आपको ।सुबह छूट देते तो हैं न...सैर करने की।टाइम से घर तो आया कीजिये।आज हमें ऑफिस में ही चाय पीनी पड़ेगी।आपने तो बना कर दी नही।"

मैं बेटे के व्यवहार से दुखी तो हुआ पर यह सोच कर निश्चिंत था कि वह सारे संवाद मराठी में कर रहा था।जिसे समझना हरविंदर के बस की बात नही थी।

"अच्छा हरविंदर चलता हूँ अब ।कल मिलते हैं।देखा ...मैंने तुम्हें पहले ही कहा था कि,बच्चे मेरी बहुत फिक्र करते हैं।थोड़ी देर क्या हुई यहां चला आया बुलाने...।"

"घाबरू नको वाघमारे.. जा घरी.. सकाळी भेटतो..."(घबरा मत वाघमारे,घर जा..सुबह मिलते हैं फिर से...)

हरविंदर के मुख से शुद्ध मराठी सुन कर मैं दंग रह गया।थोड़ा शर्मिंदा तो हुआ बेटे के व्यवहार से पर दूसरी तरफ खुशी भी हुई कि ,आज संयोग से ही सही दो दोस्तों के बीच पड़ा औपचारिकता का परदा पूरी तरह उठ चुका था।

44

ऑन-ऑफ

"चलो अब सो भी जाओ... रात भर खिड़की के पास ही खड़ी रहोगी क्या...."
"क्या करूँ ...माँ हूँ न..आज पूरे दस दिन हो गए हैं दोनों को हॉस्पिटल गए...."वह पल्लू से माथे का पसीना पोंछते हुए बुदबुदाई..
"रोज प्रार्थना करती हूं रब से ....राजी खुशी घर वापस आ जाएं।"
"तुम्हें तो कोई चिंता है नही ...मैंने देखा था दोनों के चेहरे को ..आंखों के नीचे काले दाग साफ दिखाई दे रहे थे वीडियो कॉल में..।बहुत कमजोर हो गए हैं बच्चे...।घर आये तो अपने हाथों से बना भोजन खिलाऊंगी दोनों को।देखना कुछ ही दिनों में फिर पहले से चहकने लगेंगे दोनों"
"हाँ.. हाँ.. ठीक है ..चलो सोने की तैयारी करो.."मैंने उसे दूध का गिलास थमाते हुए कहा।"तुम अपना चेहरा भी तो देखो आईने में कैसा पीला पड़ता जा रहा है।"
"आ तो रहे हैं कल घर...कर लेना मन के सब चाव पूरे..।वैसे मुझे तो याद नही आ रहा हमने आखिरी बार कब साथ मिल बैठ कर भोजन किया होगा ।अभिषेक तो आते ही फ्रेश होने के नाम पर ऊपर चला जाता है और बहू द्वारा पहले से ऑनलाइन ऑर्डर किया स्वादिष्ट खाना मैं रिसीव कर के ऊपर पहुंचा देता हूँ।दोपहर को दोनों अपने अपने ऑफिस में लंच कर ही लेते हैं।सुबह की बेड टी तुम ऊपर पहुंचा देती हो...।"
"भागवान बच्चे अब बड़े हो गए हैं।अपना ख्याल खुद रख सकते हैं।"

मैंने उसे समझाते हुए खुद को बहलाने की कोशिश की .."हमारी-तुम्हारी जरूरत अब उन्हें महसूस नही होती।वो तो भला हो इस महामारी का जो उन्हें अब घर और माँ के हाथों का स्वाद याद आ रहा है..."

"चाहे जो भी हो... हैं तो हमारे बच्चे ही..हम ख्याल नही रखेंगे तो क्या बाहर वाले रखेंगे।ऐसे में तो वैसे भी कोई पास नही फटकता।"

"चलो आप भी सो जाओ.."उसने दूध का गिलास खाली कर टेबल पर रखते हुए कहा.."सुबह जाना है उन्हें लेने...कल छुट्टी मिलने वाली है।सीधे घर लाना...मैं उनका मनपसंद भोजन तैयार कर के रखूंगी।"

"और हाँ मंदिर होते हुए भगवान का शुक्रिया अदा करते हुए हॉस्पिटल जाना..।"

"ठीक है भई... सोएंगे तो ही न उठेंगे सवेरे..।वैसे भी डिस्चार्ज होते-होते दोपहर तो हो ही जाएगी...अभिषेक ने कहा तो है फोन करूंगा तभी आना...।"

उधर घर की मुंडेर पर चिड़ियों का चहकना शुरू हुआ और इधर भागवान ने भी फुदकना शुरू कर दिया ।सारा घर बुहारते हुए मुझे आदेशित किया "अब उठ भी जाओ..बगीचे से फूल तोड़ कर गुलदस्ता बनाओ अपने हाथों से ..दोनों का स्वागत नही करना है क्या..।"और बातों ही बातों में उसने भोजन की लंबी फेहरिस्त सुना दी।अभिषेक के मनपंसद पुलाव और गुलाबजामुन का जिक्र आते ही मैं भी शीघ्रता से वॉशरूम की ओर चल दिया।उसके खाने में कुछ बात तो थी..जो खाने वाला चटखारे लिये बिना नही सकता था।

सूरज सर पर आ गया था...और हम दोनों अपने काम निबटा कर अभिषेक के फोन का इंतजार कर रहे थे..."चलो आप तो भोजन कर लो.. "

नही भागो ले आऊँ पहले उन्हें...फिर साथ बैठ कर ही खाएंगे..."मैंने उसके बनाये विविध व्यंजनों की खुशबू को झटकते हुए कहा...।

दोपहर के तीन बजे थे जब फोन आया "पापा...डिस्चार्ज की कार्यवाही पूरी हो गई है...।हम दोनों ठीक हो गए हैं..माँ से कहना चिंता न करे..।अनूप आ गया है हमें लेने ...।उसने हमारे ठीक होने की खुशी में अपने घर दावत रखी है।वह रात दावत के बाद हमें घर छोड़ देगा...।आप

लोग हमारी राह मत देखना....हम खुद आ जाएंगे...।"
फोन का स्पीकर ऑन था..पर भागो का कुछ देर पहले का फूल सा खिला चेहरा ऑफ़ हो चुका था।
बच्चों के स्वागत सत्कार के लिए तैयार गुलदस्ता भागो को थमाते हुए मैं उसे रसोई की ओर ले गया।"चल भागो मुझे तो बहुत जोरों की भूख लगी है..परोसो खाना हम दोनों ही खाएंगे.."मैंने उसकी कमर में चिमटी काटते हुए कहा।वह भी मेरी तरफ देख मुस्कुरा उठी...शायद मेरी खुशी के लिए..।क्योंकि वह जानती थी कि पति-पत्नी के आपसी समन्वय से ही एक दूसरे की खुशी ऑन-ऑफ होती है।

45

मौलिक आजादी

आज के सारे काम निबटा कर वीर प्रताप ने अपने कमरे का दरवाजा भीतर से बंद कर लिया। और फटाफट पलंग के नीचे से पुराना गहरे काले रंग का बड़ा सा ट्रंक खींचा..।अलमारी की दराज में रखी जंग लगी चाबी निकाल कर उस पर थोड़ा तेल लगाया और बमुश्किल उसका ताला खोला..।

ट्रंक के खुलते ही उसकी आँखों की चमक बढ़ गई।तह करके रखी हुई वर्दी को उसने बड़े प्यार से सहलाया और सीने से लगा कर आँखे मूंद ली।जिस वर्दी को पहनकर सरहदों पर फख्र से सीना ताने देश के दुश्मनों से दो-दो हाथ किये हों ...उस पर पलकों से अश्कों की बूंदे गिरें यह उसे बिल्कुल गवारा नही था...।

वर्दी को पलंग पर रख कर उसने प्लास्टिक का दूसरा बॉक्स निकला। जिसमें कुछ पदकों और सम्मान चिन्हों के रूप में...उसकी जीवन भर की पूंजी रखी थी...।साथ ही निकाली उसमें से ब्रासो और शू पालिश की दो डिबिया,जूते बेल्ट कैप और कैप पर लगने वाला फुनगी लगा बैच।और फिर बैठ गया जमीन पर जूते पॉलिश करने ....,अपना एक-एक तमगा ब्रासो से चमकाने...। तमगे जो साक्षी थे उसकी वीरता के...देशसेवा के...।पर अब न तो उसमें वो वीरता थी और न ही पहले सा प्रताप ....जो उसके नाम को सार्थक कर पाता।

तीन साल पहले फ़ौज से रिटायर्ड हो कर अपने शहर आने के बाद घर की

सरहदों से ही घिर कर रह गया था वह...।
वैसे यहाँ कँटीली बाड़ तो नही थी पर उससे भी अधिक चुभन देने वाले अपनों के शाब्दिक तीर जरूर थे...जो जिव्हा की कमान से निकल कर सीधे उसका हृदय भेद देते थे।
पर आज उसने विष बुझे तीरों का सामना करने के लिये अपनी अंतरात्मा पर स्वाभिमान का कवच धारण करने का निर्णय ले ही लिया था।
रात आधी से अधिक बीत चुकी थी।और वह बक्से से निकली शौर्यता के प्रमाणपत्रों की फाइलें,उसमें संजो कर रखे हुए वीरता के प्रमाणिक छाया चित्र खंगालने में लगा हुआ था।नींद भी आज उसकी आँखों से कोसों दूर बैठी उसकी बेचैनी को अपलक घूरे जा रही थी।और वह नींद की घूरती नजरों से बेखबर सुबह की तैयारी करने में व्यस्त था।
कल पन्द्रह अगस्त जो था...आजादी का पर्व..।जिसे वह हमेशा अपने साथियों के साथ जश्न के रूप में मनाता था।ध्वजारोहण ,परेड ,सलामी के बाद देशप्रेम के गीतों पर पूरे जोशो जुनून से झूमना ...नाचना..भांगड़ा करना और एक दूसरे का मुँह मीठा करवाना सब कुछ किसी चलचित्र की भांति उसकी आँखों के सामने से गुजरता चला गया..।अपने गुजरे हुए कल को पूरे उत्साह के साथ आने वाली नई सुबह में जीवंत कर देने की धूनी रमाये वीर प्रताप ने स्मृतियों को बाहुपाश में लिए पलंग पर बैठे-बैठे ही एक झपकी ले ली ।
चिड़ियों की चीं-चीं ने सुबह होने का संकेत दे दिया था....।उसने ताजी हवा के लिए खिड़की खोल दी।बाहर की हल्की फुहारों ने तन मन प्रफुल्लित कर दिया।वहाँ से हट कर वह फुर्ती से फ्रेश हुआ।वर्दी और जूते पहने ....सर पर कैप ,शोल्डर पर सितारे, सीने पर तमगे सजाये ... और दीवार पर टँगी प्रीतो की तस्वीर के सामने जा खड़ा हुआ।रुमाल से फोटो फ्रेम का कांच पोछा ...उस पर लगी चंदन की तिरछी हुई माला को ठीक किया...।और फिर दाएं बाएं चलते हुए फोटो के ठीक सामने आकर प्रीतो को जोरदार सेल्यूट किया।
प्रीतो जिसे वह आपातकालीन ड्यूटी की वजह से कँधा देने भी नही पहुँच पाया था। हाँ...जीवनसँगनी को श्रद्धांजलि देने के नाम पर अपने साथी खान बहादुर के गले लग खुल कर रोया जरूर था...।

रूम का दरवाजा खोलकर उसने जैसे ही बाहर कदम रखा... एक कड़क आवाज ने उसे अबाउट टर्न करवा दिया "सुबह-सुबह कहाँ चल दिये कर्नल साहब.. " अनजान व्यक्ति भी आवाज के तंज को पहचान सकता था।

"ग्राउंड पर जा रहा हूँ बेटा.. आज पन्द्रह अगस्त है ना...परेड देखूँगा ....शहीद स्मारक जाऊँगा ...वतन पर कुर्बान हुए शहीदों को श्रद्धांजलि दूंगा...। खान बहादुर आ रहा है ...दोनों जाएंगे साथ में...।"

"अरे कर्नल साहब पीछे घर के काम कौन देखेगा।नीलम को कॉलेज जाना है...मुझे मंत्री जी के साथ जाना है झंडावंदन के लिए...।बच्चे भी स्कूल जाएंगे...।और आप बिना पूछे मुँह उठा कर चल दिये सुबह-सुबह...।बहुत हो गई अब आपकी फौजदारी...चलिये भीतर काम निबटाइये घर के...।"

"बेटा ..आज तो नही रुकूँगा घर में...तू कुछ भी कह ले ..मैं तो आज जाऊंगा ही..।अरे ..शुक्र मना कि मैं तिरंगे में लिपटा हुआ घर वापस नही आया...।"

"अरे!!तिरंगे में लिपट कर आते तो सरकार से हमें कुछ न कुछ मिल ही जाता....।आप इन तमगों और सर्टिफिकेट के सिवाय क्या लेकर आये हैं..।वो जो आपकी पेंशन है न...मंहगाई के दौर में चुटकियों में स्वहा हो जाती है...समझे..."

वह उसे पलट कर जवाब देता इसके पूर्व ही बाहर बाइक का हॉर्न बजने लगा।देखा ....खान बहादुर था..।उसी की तरह पूरी वर्दी में तैयार-बर-तैयार ...अप टू डेट..पूरा फ़ौजी...।

"आया..खान बहादुर..."उसे आवाज देते हुए वह बहस की सीमारेखा के बाहर हो गया।

पीछे से दोनों बच्चों की आवाज सुनाई दी।"जाइये दादा जी ...हम यहाँ संभाल लेंगे सब...।"उसने भी बच्चों की ओर मुस्कुराते हुए हाथ हिलाया और अपने जिगरी दोस्त के पीछे बैठ गए...।

जैसे ही वह बाइक पर बैठे, खान बहादुर स्पीड बढ़ाते हुए वहाँ से फुर्र हो गया...।ऐसा लगा किसी ने पिचके गुब्बारों में आत्मविश्वास की गैस भर दी हो...।

परेड देखना तो एक बहाना था..आज दोनों दोस्तों को एक कंपनी में गार्ड की ड्यूटी का चार्ज लेने जाना था।जिसका अपायमेंट लेटर उन्हें दो दिन पहले ही मिला था..।आज वहाँ ध्वजारोहण पश्चात वह फिर से अपने हिस्से की आजादी का सुखद एहसास कर पाएंगे...इसी सोच में डूबे हुए दोनों दोस्त मंजिल की ओर उड़े जा रहे थे..।

आसमान में उड़ते तीन रँगो के गुब्बारों के साथ शांति और अमन-चैन का संदेश देते कबूतर भी उड़ान भरते हुए उनका साथ देते दिखाई दे रहे थे...।उन्हें यूँ उत्साह से फर्राटे भरता देख लगा आज के शुभ दिन दोनों को मौलिक आजादी मिल गई है... वह भी बिना सत्याग्रह के...।

46

विभाजन

हर रोज सुबह की सैर के दौरान रास्ते में कई महानुभावों से भेंट होती थी।और क्रॉस होते समय सबसे "जयसियाराम,राम-राम,जय-जय राम,राधे-राधे,जय हो जैसे अभिवादनों का आदान-प्रदान नियमित होता था।दिल से दिल को जोड़ने वाला और मानवीय रिश्तों को प्रगाढ़ करने वाला यह क्षणिक परिचय धीरे-धीरे गूढ़ होता गया।कभी किसी की टाइमिंग बिगड़ जाए या कोई व्यक्ति उस दिन गैरहाजिर हो जाये तो अटपटा सा लगता था।सुबह-सुबह सैर करते हुए रोजाना मिलने वालों का नमस्कार दिन भर के लिए उत्साह से भर देता था।

उस दिन विपरीत दिशा से आने वाला नियमित समूह,जो नमस्कार-चमत्कार किये बिना पास से गुजरता नही था..,अपनी ही धुन में बातें करते हुए आगे बढ़ने को हुआ तो मैं ही आगे बढ़कर उनसे संबोधित हुआ... "सलाम वालेकुम जनाब....और आप सब खैरियत से हो ना...कैसे मिज़ाज हैं सबके..."

मेरे सलाम के जवाब में सबकी चुप्पी ने मुझे चकित कर दिया।

"क्या हुआ भाईजान ..आप सब मुझे आज अजनबियों की तरह क्यों घूर रहे हो..."मेरे प्रश्न करने पर उनमें से एक बोला "तुम क्या मुसलमान हो...!!हम तो..."

आगे के शब्द वह बुदबुदा कर रह गया...।

इतने दिनों के आदर सत्कार की इस एक प्रश्न ने एक पल में धज्जियाँ

उड़ा दी।मन में एक गुबार सा उठने लगा।पर मैंने भीतर की उतेजना को नजरअंदाज करते हुए बड़ी सहजता से इस बेमतलब के प्रश्न का उत्तर दिया... "अरे भाईसाहब मैं मुसलमान नही इंसान हूँ और इंसानियत ही मेरा मजहब है...हम सब परवरदिगार के अंश ही तो हैं...पर आप जैसी सोच वालों ने ही विभाजन की लकीर खींच दी है इंसानों के बीच।और आप लोगों की इसी विभाजित सोच ने देश सदभावना,आपसी भाईचारा,कौमी एकता के सारे प्रवेश द्वार बंद कर दिए है।इसी वजह से देश का माहौल प्रदूषित होता है और मीडिया वाले नमक-मिर्च लगा कर अपने चैनलों और अखबारों की सुर्खियाँ बना देते हैं...।"

उन्हें निरुत्तर खड़ा देख मुझे शांत होना ही उचित लगा और"चलो भाई लोगों मिलते हैं कल....." कहते हुए मैं आगे बढ़ गया ..।

47

सर्वाधिकार

प्रभात के चार मंजिला नए घर का इंटीरियर पूरा हो चुका था।आज उसका बरसों से देखा सपना पूरा हो गया था।एक ही छत के नीचे इंटरटेनमेंट हॉल, थियेटर रूम, स्पा, जिम,आधुनिकता से परिपूर्ण किचन,ड्राइंग रूम,आँगन में वॉटर बॉडी के साथ छोटा लेकिन खूबसूरत पार्क ,घर के भीतर लिफ्ट ,छत पर आरामदेह झूला वगैहरा सब कुछ सपनों के मुताबिक....।उसके चेहरे खुशी देखते ही बनती थी।

अगले हफ्ते शिफ्टिंग का प्लान था।उसीकी तैयारियाँ पूरे उत्साह से चल रही थी।प्रभात के पसंदीदा आर्टीकेट के निर्देशन में ही घर की साज-सज्ज़ा हुई थी।दीवारों के रँग रोगन,लाइटिंग,फर्नीचर ,बरामदे में गमलों के रख रखाव से लेकर दीवारों पर लगने वाली पैंटिंग और पारिवारिक तस्वीरों के चयन में आर्टीकेट महोदय का बराबर दखल था।प्रभात चूंकि उनके साथ कई प्रोजेक्ट कर चुका था, इसलिए उस पर उनका अच्छा खासा प्रभाव था।तभी तो वह अपनी ख्वाहिशों को किनारे करते हुए उनके हर मशवरे पर अपनी स्वीकृति की मोहर लगा रहा था।सारा सेटअप जम चुका था।आज पुराने घर से लाई गई तस्वीरों का नए घर की एक दीवार पर कोलाज़ बनाने के लिए चयन हो रहा था।उन्होंने

कुछ तस्वीरों को फर्श पर जमाते हुए कारपेंटर को उसी प्रारूप में दीवार पर लगाने के लिए निर्देशित किया। दो बड़ी गोल्डन फ्रेम में जड़ी तस्वीरों को अलग-थलग उपेक्षित पड़ा देख प्रभात ने हिम्मत जुटा कर कहा

"सर ये गोल्डन फ्रेम वाली दादा-दादी और मम्मी-पापा की फोटोज़ कहाँ लगाना है..."
उसकी ओर बड़े गौर से देखते हुए वह बोले.."प्रभात जी अब इन्हें अलमारी में रख दीजिये ।अब यहाँ इतनी ही तस्वीरें काफी हैं।इन्हें साथ लगाने से दीवारें भरी-भरी लगेंगी....और फिर अब ब्लैक एंड व्हाइट का जमाना भी तो नही रहा न...।पुरानी जीवन शैली बदलिए प्रभात जी...आपका स्तर अब ऊँचा हो गया है।"
"और सर...ये पेंटिंग मेरे बहुत करीबी दोस्त ने उपहार स्वरूप दी है।ये तो सेट हो जाएगी न....इसे तो सेट करना ही है...बड़ी आत्मीयता से भेंट दी है उसने...।"महोदय ने उस बड़ी सी पेंटिंग पर गौर किया ...आकर्षक फ्रेम में जड़ी आराध्यदेव की मनभावन पेंटिंग को नमन करते हुए बोले "प्रभात जी मंदिर का सेटअप तो पूरा हो चुका है।ऊपर से नीचे तक मेरी नजर में अब ऐसी कोई जगह बची नही है...जहाँ इस पेंटिंग को स्टॉल किया जा सके...अभी तो इसे पैक कर के कहीं रखवा दीजिये....। कल फोटो शूट है...सोचते हैं बाद में कुछ इसके बारे में भी...।"
इतनी देर से चुप्पी धारण किया हुआ हिलौरे मार रहा मेरा मन अब मौन तोड़ने पर विवश हो गया "सर...कल के फोटो शूट में यह पेंटिंग नही आ पाएगी क्या...?"अपने बेटे की उम्र के आर्टीकेट को सर कहना अटपटा तो था ,पर शायद यही वक्त का तकाजा था...।"सर...जिनके आशीर्वाद से आज प्रभात को यह शुभप्रभात नसीब हुई ,...वह सीढ़ियाँ चढ़ते हुए यहां तक पहुँचा है...यदि इस घर में उनकी जगह नही बन पा रही है...तो उस परवरदिगार के दरबार में हमें उचित स्थान मिलना भी मुश्किल हो जाएगा....।इनका आशीर्वाद तो आधार है हमारे जीवन का....यह न चाहें तो हम दूसरी साँस लेने से भी वंचित रह जाएं...।"
"हमारी और हमारे पूर्वजों की तस्वीरे तो हम अलमारियों में बंद कर देंगे पर हर पल जिनकी स्तुति करते हम नही थकते...,उन्हें तो सम्मान सहित उचित स्थान पर स्थापित किया ही जाना चाहिए....।" मेरा लहजा थोड़ा तल्ख तो था...पर मन की पीड़ा उगल कर खुद को हल्का करने के लिए यह जरूरी भी था...।
अपनी बात रखते हुए... (जिसे पत्नी का भी समर्थन प्राप्त था....)मैंने

प्रभात की और देखा...वह मेरे तर्क का अनुमोदन करने की बजाय हम दोनों को घूरे जा रहा था...उसकी एकटक मूक दृष्टि से स्पष्ट समझ आ रहा था ...ऐसा लगा जैसे वह अपरोक्ष रूप से हमें कहना चाह रहा है..."माँ-पापा ....आपका नए घर में स्वागत है...।आइए पधारिये...रहिए..इंज्वाय कीजिये...पर ध्यान रखिये...इस घर के सर्वाधिकार मेरे पास सुरक्षित हैं....।

48

चिड़िया चुग गई खेत

" मुझे उड़ती चिड़िया के पर गिनना नही आता...और न ही सीख पाया मैं अब तक तुम्हारी तरह किसी की आँखों में धूल झोंकने का हुनर....आसमान से तारे तोड़ कर लाने का वादा भी नही निभा पाया तुम्हारी भाभी से...।और माधव तुम ठहरे तीस मार खाँ... उस्तादों के उस्ताद ...अपनी लच्छेदार बातों में ऊँची हाँकने वालों को शीशे में उतारने के कला में निपुणता हासिल है तुम्हें...। काश!! उस वक्त मैं भी तुम्हारे साथ मुंबई चला जाता.."

"कह तो तुम सही रहे हो भैरव ...,पर अब लकीर पीटने से क्या फायदा...उस समय समझाते तो थे तुम्हें....जमाने के साथ चलना सीखो...पर तुम रहे वही कुंए के मेंढ़क..लकीर के फकीर...।"माधव अपने अंदाज में भैरव को अपने से कमत्तर होने का एहसास करवाने का प्रयत्न कर रहा था।

पर भैरव मंद-मंद मुस्काता हुआ उससे प्रभावित हुए बिना सीना ताने अपने खेतों की और बढ़ता जा रहा था।बातें करते-करते गाँव की पगडंडियों से होते हुए दोनों कब खेतों की मेढ़ों तक आ पहुँचे पता ही नही चला...।माधव ने तो कार से गाँव घूमने की इच्छा जाहिर की थी।पर उसने पैदल चलने की सलाह दे दी।आदत न होते हुए भी माधव ने उसका साथ दिया।फिर शुद्ध वातावरण को देखते हुए उसका मन भी प्रकृति का सौंदर्य निहारने में रम गया...।

खेतों में दूर-दूर तक फसलें लहलहा रही थी।कुँए में चलती रहट में लगे घुंघरुओं की ध्वनि ,बीचों-बीच लगे आम पीपल के घने पेड़ों पर फुदकते परिन्दों का कलरव ,खेतों में काम करते हुए मजदूरों द्वारा अपनी ही मस्ती में गाये जा रहे लोकगीतों का सामूहिक स्वर माधव के रोम-रोम को रोमांचित कर रहा था।

"वो शम्भू काका का खेत है ना..."माधव ने इशारे से पूछा

हाँ भैरव मेरे यार...उनका ही है, पर इसकी सारी देखभाल मेरे ही जिम्मे है अब।तुम्हारी तरह उनके बेटे पर भी रातों-रात बड़ा बनने का जुनून सवार हो गया था..सो जिद करके शहर चला गया बड़ा आदमी बनने...।छोड़ गया बीमार माँ-बापू को अकेला ...।सोना उगलने वाले खेतों को छोड़ नए जमाने की भीड़ में कहाँ गुम हो गया पता नही...।"

खेतों की परिक्रमा करते हुए वह अब नदी तक पहुँच चुके थे...।भैरव माधव का हाथ खींचते हुए वहीं किनारे पर बैठ गया...।"तुम सुनाओ कैसी कट रही तुम्हारी लाइफ...।"उसके इस प्रश्न ने माधव को झकझोर दिया...कैसे बताता कि, दूर के ढोल सुहाने होते हैं... पास जाने पर ही ढोल की पोल का पता चलता है।कहाँ तो वह भैरव को अपना रुतबा दिखलाने आया था और इसके विपरीत अब उसकी खुशहालऔर सुकून भरी प्रदूषण मुक्त जिंदगी देख कर मन ही मन खुद को कोस रहा था।

अच्छा भला था यहाँ परिवार के साथ।पर शहरों की चकाचौंध और आधुनिकता के आकर्षण ने खींच लिया एक दिन उसे अपनी ओर.. उसकी महत्वाकांशी सोच के साथ ही पीछे-पीछे खिंचता चला गया भरा-पुरा सुखी परिवार भी...।

यहाँ की स्वच्छ आबोहवा ,मिलनसार लोगों की आत्मीयता दोबारा पाने की चाह बलवती हो रही थी ...मगर कस्तूरी पाने की धुन में दिखावटी मृग का पीछा करते-करते वह अपने पुशतैनी गाँव से इतनी दूर निकल आया था कि उसके लिए आडम्बर त्याग कर सीधी-साधी जिंदगी की ओर लौटना नामुमकिन था।ऊँचे ख्वाबों के मायाजाल में इंसान फंसता भी तो अपनी मर्जी से ही है...।काश...उसने उस समय भैरव की सलाह मान कर अपने खेतों में ही उच्च शिक्षा के बीज बोए होते...काश!!!उस समय उसने अपनी जमीन बेची नही होती...।सोचते-सोचते अचानक

उसने हाथ में आये कंकर को पानी में दूर तक उछाल दिया। पानी के बीच एक गोल दायरा सा बना और किनारे तक आकर गुम हो गया...।ठीक उसी की तरह...।

भैरव ने माधव की मनःस्तिथि पढ़ ली थी शायद..."चलो भई घर वापस... तुम्हारी भाभी इंतजार कर रही होगी खाने पर...।"माधव अलसाया सा बुदबुदाते हुए उठा... "अब पछताए होत क्या,जब चिड़िया चुग गई खेत"

49

खैरियत पूछने के बहानें...

"यहीं रुकिए थोड़ा फ्रूट वाले के पास ....."पत्नी का आदेश होते ही बाइक के खुद-ब-खुद ब्रेक लग गए...
"अभी कल ही तो मंडी से फल सब्जियां लाया था हफ्ते भर के लिये...."पूछने का हक तो नही था फिर भी मैंने ये हिमाकत कर ही दी।
"अरे भई... पूरे बीस दिन हॉस्पिटल में इलाज करवा कर आई है निशु... फोन पर बता रही थी बहुत कमजोर हो गई है ..।हॉस्पिटल तो जा नही पाए खैर ख़बर लेने...अब घर जा रहे हैं तो खाली हाथ जाना अच्छा लगेगा क्या...?जाओ सेब ले लो दो किलो...."
"क्वालटी ठीक नही है सेब की..आगे देखते हैं..."मैंने एक फल उसे दिखाते हुए कहा। "अरे कौनसा घर ले जाने हैं हमें...ले लो जैसे भी हैं...पहले ही बहुत लेट हो रहे हैं...।"
निशु के घर पहुँचे तो उसकी बिटिया गेट पर ही मिल गई।उन्हीं के सर्कल की दो किटी आंटियों को बिदा करने आई थी शायद....।
"आओ...आओ रूपाली...बहुत देर कर दी तुमने आने में..अच्छा हुआ तुम यहीं मिल गई। हम तो तुम्हारा इंतजार करते करते थक गए थे।जा रहे थे अब...."दोनों सहेलियाँ एक स्वर में बोल पड़ी।"चलो बेटा भीतर... थोड़ी देर और बैठते हैं।तुम्हारी मम्मी भी तो रुकने के लिए जिद कर रही थी

..."और बिटिया स्वीकृति देती इसके पहले ही दोनों भीतर की ओर चल पड़ी..। "चलिये आंटी आप भी...बड़ी मुश्किल से पीछा छुड़ाने के लिए बाहर तक आई थी..अब फिर से..."वह मेरी ओर कनखियों से देखते हुए धीरे से बुदबुदाई..।
"आइए अंकल..आराम से बैठिए ..पापा भी आते ही होंगे ऑफिस से.."कहते हुए उसने टी.वी.का रिमोर्ट मुझे थमाते हुए स्विच ऑन कर दिया..।
रुपाली ने मेरे हाथ से फलों का पैकेज ले कर बिटिया को थमा दिया।"इसकी क्या जरूरत थी आंटी..."औपचारिकता वश बोलते हुए वह रुपाली को भी मम्मी के कमरे में ले गई।मैंने मद्धिम आवाज में टी.वी.चालू किया और बैठ गया टाइम पास करने..।
भीतर सहेलियों की गप्पों का अनवरत सिलसिला चल पड़ा था।किटी पार्टी के बहाने मिलने वाली ये सहेलियाँ कोरोना काल की वजह से पिछले छै सात महीनों से अलग थलग पड़ गई थी..इसीलिये आज निशु का हालचाल पूछने के बहाने सभी को मौका मिला था इकठ्ठा होने का...कैसे छोड़ती भला... संयोग से मिला ये सुअवसर !
थोड़े अंतराल में बिटिया ने मुझे चाय पानी सर्व किया और बैठ गई मेरे पास।"अंकल आप बोर तो नही हो रहे न...।"
"नही नही बेटा ...तुम सुनाओ कैसी है अब मम्मी की तबियत ..।तुम्हारी ऑन लाइन पढ़ाई कैसी चल रही है..." मेरे प्रश्नों का उसने बड़ी सहजता से लेकिन थोड़ा उखड़ा सा उत्तर दिया ."पढ़ाई तो ठीक ही चल रही है अंकल ..मम्मी भी पहले से बेहतर महसूस कर रही हैं...आराम करने की सलाह दी है डॉक्टरों ने ....पर उनकी ये किटी पार्टी की मुँहलगी सहेलियों से पीछा छूटे तब ही न आराम कर पाएंगी....पीठ पीछे एक दूसरे की बुराई और मुँह दिखाई पर वाहवाही ....अपने-अपने स्टेट्स का बढ़-चढ़ कर दिखावा ...पिछले दो दिनों से यही सब तो झेल रहे हैं हम.....चली आती है रोज मुँह उठाये.....।मम्मी के मुँह को सब खातिरदारी करनी पड़ती है।अभी धीरे से शाम हो जाएगी...पापा भैया आ जाएंगे ...फिर लग जाओ किचिन में..."वह तो शायद भरी पड़ी थी भीतर से .. मेरा ही रस्ता देख रही थी क्या...।मैंने मन ही मन सोचा....।

जैसे-तैसे चाय के घूंट भरे और भीतर आवाज लगा दी "रुपाली चलो अब ... तुम्हे घर छोड़कर मुझे भी अपनी मीटिंग में जाना है..."
अच्छा हुआ वह शीघ्र ही आ गई।पीछे-पीछे वह दोनों सहेलियां भी आ गई।"अरे रुपाली उससे कुछ मत कहना ...हमारा नाम तो बिल्कुल मत लेना.. तुम्हे अपना समझ के सब शेयर कर लेते हैं ...बहुत बुरा लगता है, हमें जब वह तुम्हारी बुराई करती हैं...।ध्यान रखना भई हमारा नाम नही आना चाहिए। .... वो पुष्पा भी आज ही आ जाती तो उससे भी मिल लेते...खैर कल आ जाएंगे यहीं ...निशु की खैरियत पूछने के साथ पुष्पा और वर्षा से भी मिल लेंगे...।क्यों ठीक है न रुपाली...आ जाना अवश्य हम फोन कर देंगे तुम्हे...."

बाहर निकलते हुए मैं और निशु की बेटी एक दूजे का मुँह ताक रहे थे....।और बाहर खिलखिलाने की आवाजें आ रही थी...। कल यहीं मिलने का वादा लेकर बिदाई की रस्म पूरी हो रही थी शायद.....।

50

इमेज

"पापा...प्रणाम !!पिंकी बोल रही हूँ"
"हाँ बेटा...कैसी हो...कैसे हैं सब तुम्हारे ससुराल में...।"बेटी का फोन आते ही मधुकर जी बहुत भावुक हो जाते थे...।बेटियों की स्मृतियाँ होती ही ऐसी हैं।आँखों का धुंधलका साफ कर देती हैं आंसुओं की शबनमी बूंदे...।"
दामाद जी आने वाले थे यहाँ... तुम्हारी मम्मी बता रही थी ।"
"जी पापा वही बताने के लिए तो फोन किया है...मम्मी सुबह-सुबह किचन में व्यस्त होंगी इसलिये आपको डिस्टर्ब किया "
"नही बेटा कोई डिस्टर्ब नही हुआ मैं...बताओ कब आ रहे हैं दामाद जी..तुम भी साथ आ जाती.. बच्चों को भी ले आती...वो अपना काम कर लेते और मेरा भी दिल बहल जाता बच्चों के बीच..."
"आज ही आ रहे हैं ये...साथ में तीन चार दोस्त भी हैं उनके...।सरकारी काम है उन्हें...।मैं एक दिन के लिए आकर क्या करती... फिर आपके लाडलों की ऑन लाइन पढ़ाई का भी हर्जा होता है न.....।पापा मम्मी से कहना थोड़ी खातिरदारी अच्छी कर दे...।मेरी इमेज का सवाल है।"
"कैसी बात कर रही हो बेटी...पूछ परख में कभी कोई कमी महसूस हुई है तुम्हारे ससुराल वालों को...
कभी शिकायत का मौका दिया है क्या हमने..."
"अरे नही पापा आप तो नाराज हो रहे हैं...मेरा वो मतलब नही था...।मैं तो कह रही थी कि,सभी लोग लंच घर पर ही करेंगे...वो क्या है पापा...!मम्मी

अकेली पड़ गई है न मेरे आने के बाद...तो मुझे फिक्र होती है उनकी..काम का बोझ बढ़ जाता है न उन पर...इसलिये कह रही थी...।वैसे मंगला तो आरही है ना..."

"और देखो पापा...सबके हाथ-वाथ सैनिटाइजर जरूर करा देना।आप लोग भी एहतियात बरता करिए।वायरस ताक में ही रहता है...कि कब हम चूकें और वह हमें संक्रमित कर दे।"

"वैसे आप तो एक काम करना , आवभगत के लिए मंगला को ही आगे करना।वही सर्व कर देगी लंच....।मम्मी से कहना वह तो दूरी बना कर ही रखे सबसे...मम्मी का ख्याल रखना है आपको..और अपना भी..।ठीक है फिर..मंगला को ही करने देना सब...फोन रखती हूँ अब..।"

वो फोन रखती इसके पहले ही मैं बोल उठा..."सुनो पिंकी बेटा ...माना कि इस समय हमें अपना बचाव युद्धस्तर पर करना है..पर स्वार्थवश अपने स्थान पर किसी ओर को खड़ा कर देना उचित नही है...।मंगला की बात कर रही हो ,तो तुम्हारी नजर में वी गैर है क्या...उसके संक्रमित होने की तुम्हे कोई चिंता नही है...तुम्हारी नजर में उसकी कोई अहमियत नही है।पिछले दस वर्षों से हमारे यहां काम कर रही है वो...।पिंकी बेटा तुम इमेज की बात कर रही थी.. तो सेल्फिश व्यक्ति की इमेज कभी नही बन सकती..न घर में और न बाहर..."

पिंकी मेरे नैतिक विचारों को सुन निरुत्तर हो गई थी शायद... इसीलिये तो वह निःशब्द हो गई थी...।अवश्य ही वह अपने बोले गए संवादों से शर्मिंदा हो गई थी...।

51

वक्त का अदब

"ओए पॉपयो....!की हाल चाल है ....जरा टाइम तो बता दो...बारह बज गए क्या...?"

और इसी के साथ मजाकिया ठहाकों ने सुबह सवेरे के खुशनुमा वातावरण को प्रदूषित कर दिया।

घर परिवार से मिले संस्कारों की धज्जियाँ उड़ाते इन शोहदों के रोजमर्रा के क्रम को तोड़ना और पथभटकों को सीधी राह दिखलाना आवश्यक तो था...पर कैसे...!मन इस पर मंथन कर ही रहा था कि,साथ चल रहे सतेंद्र ने मेरे कंधे पर हाथ रखते हुए कहा "चल पूरन आज इन बिगड़ैलों को टाइम बता ही देते हैं...।

हमारी चुप्पी ही इन्हें बेहूदा हरकतें करने की छूट देती है।"

"छोड़ यार बच्चे हैं...इनके मुँह लगना ठीक नही लगता..हम पर फिकरे कसने से इनका दिल बहलता है तो ठीक है...हम बूढ़ों से मजाक करके यदि इनका मनोरंजन होता है तो इसमें हर्ज ही क्या है। चल चलें..."वह मेरा कहा मान कर आगे बढ़ने को हुआ ही था कि बाइक सवारों के उपहास भरे ठहाकों ने हमें फिर पीछे मुड़ने पर विवश कर दिया।

"वो देख जॉगिंग करती बच्चियों पर भी फब्तियाँ कस रहे हैं...चल जरा आज इनको थोड़ा सबक सिखा ही देते हैं..."कुत्तों को भगाने के लिए हाथ में पकड़ा रूल घुमाते हुए हम उनकी ओर बढ़े ही थे कि,बाइक स्टार्ट होने के साथ ही आवाज आई "चल जल्दी पिंटू... दोनों सरदार इधर ही आ

रहे हैं।सतेंद्र ने दौडते हुए उन्हें ललकारा लेकिन वह तो माहिर थे फुर्र होने में...मन मुताबिक उड़ान भरने के लिए उन्हें समय से पहले पँख जो उपलब्ध हो गए थे।नई जवानी..नया जोश...।पर आज उनका समय यकीनन खराब था...तभी तो हड़बड़ी में भागने के प्रयास में दूसरे ही पल उनका संतुलन बिगड़ा और दोनों बाइक सवार धड़ाम से घिसटते हुए औंधे मुँह जमीन पर धूल चाटने लगे।

हम दोनों ने उन्हें सबक सिखाने की मंशा को त्यागते हुए पहले उनकी बाईक सीधी की। फिर उनको उठाया।सतेन्द्र ने कंधे पर लटके झोले से पानी की बॉटल निकाली और दोनों का मुँह धुलवाया....पानी पीते हुए दोनों युवा युगल स्वर में बोल उठे "सॉरी अंकल जी गल्ती हो गई...आपको छेड़ने की सजा हमें मिल गई।"

"कोई बात नही बच्चों...ज्यादा लगी तो नही न..."

इतने में डायल 100 पास आकर रुक गई ।जॉगिंग करने वाली युवतियों ने पुलिस को रिंग कर दी थी. ...।वह भी इनकी रोजाना की फूहड़ता से तंग आ चुकी थी शायद....। वही दोनों इशारे से इंस्पेक्टर को वाक्या बयान कर रही थी।

"चलिये हटिये सरदारजी इन्हें थाने ले जाकर ठीक करते हैं।"इंस्पेक्टर ने पुलिसिया अंदाज में घुड़की दी। और हमें पहचानते हुए बोले "अरे..!आप दोनों"

"जाने दीजिए साहब ...पहले ही जख्मी हैं बेचारे..."मैंने अपने झोले से फर्स्टएड का छोटा सा बॉक्स निकालाते हुए कहा।और उनकी ना-नुकर के बावजूद दोनों की मरहम पट्टी करते हुए समझाइश देने लगा..। "बच्चों अब तुम बच्चे नही रहे... अपने जीवन के महत्व को समझो....।अपने अनमोल ऊर्जा को इस तरह की निरर्थक बातों में जाया करने की बजाय अच्छे कामों में लगाओ...किसी की मदद करो...तुम सँवरोगे तो तुम्हारे माता पिता और सारा देश तुम पर नाज करेगा.. वरना इसी तरह पटखनी खाते रहोगे... ।"

हम दोनों दोस्त सुबह -शाम तफरीह करते समय पानी और फर्स्टएड का बॉक्स साथ में जरूर रखते थे...।न जाने हमारे समेत कब किसको इसकी जरूरत पड़ जाए...।राह चलते हुए ऐसे कई अवसरों पर ईश्वर की कृपा से

हमें परसेवा के जरिये पुण्य अर्जित करने के अवसर यदा-कदा उपलब्ध हो ही जाते थे।जैसे की आज उन्हीं की कृपा से हमें इनकी सेवा का मौका मिला था शायद....।हमारी सेवा भावना ही हमारी पहचान थी।इसलिए तो हमारी गुजारिश पर इंस्पेक्टर साहब बिना किसी कार्यवाही के वहाँ से बिदा हो गए...और बाद में हम भी उन्हें दोबारा ताकीद करते हुए वहां से निकल गए।अपने स्वभाव अनुसार जाते-जाते इतना अवश्य समझा गए कि," जीवन में अपनी वाणी पर,अपने बहकते कदमों पर समय रहते नियंत्रण करना सीख जाओ ... समय का भरोसा नही तुम्हे चकमा देते हुए कब तुम्हारे हाथ से निकल जाए..."

दो तीन बाद वही लड़के हमें फिर उसी जगह पर बदले रूप में दिखे... उनके उस दिन के और आज के व्यवहार में हमें काफी अंतर नजर आ रहा था।आज वह किसी पर हँसने या फब्तियाँ कसने की बजाय मॉर्निंग वॉक करते हम जैसे सीनियर सिटीजन को सहज मुस्कुराहट के साथ गुलाब के फूलों की डंडिया भेंट कर रहे थे।निश्चित ही वह उस दिन की घटना से शर्मिंदा हो कर पश्चाताप के नजरिये से सबको फूल देकर उनके दिल में अपने लिए जगह बनाने का प्रयास कर रहे थे।हमें देखते ही बोले.. "सॉरी अंकल जी उस दिन के लिए..." हमें इस बात की संतुष्टि थी कि बच्चों ने वक्त रहते वक्त का अदब करना सीख लिया था...।सच भी यही है कि,जब तक हम वक्त का अदब करना नही सीखेंगे...तब तक वक्त भी हमारा अदब नही करेगा।

हमने एक बार फिर उनकी पीठ थपथपाई और उनसे फूल ले कर मज़ाकिया लहजे में पूछ ही लिया "क्यों बेटा...आज टाइम नही पूछोगे...."हमारे पूछने के अंदाज पर हमें घेर कर खड़े सैर करने वाले अन्य साथियों ने जोरदार ठहाका लगाया और अपनी-अपनी गति से आगे बढ़ गए।सबको समय पर घर जो पहुँचना था....।अपनी दैनिक दिनचर्या में व्यस्त होने के लिए.....।पीछे मुड़ कर देखा तो महसूस हुआ कि,संजीदा माहौल एक बार फिर खुशनुमा बयार से महकने लगा है।

52

तमाचा

"सुनो जी....सोनू की पढ़ाई का आखरी साल है....कुछ चिंता करो उसकी...वो जो बुआ जी ने रिश्ता बताया था...फोटो और बायोडाटा भी तो भेजा था उन्होंने...क्या ख्याल है उसके बारे में...।"वैशाली श्रीधर को भोजन परोसते-परोसते ही अपने भारी मन को हल्का कर रही थी।

वैसे भोजन करते या कराते समय मनचित एकदम शांत रहना चाहिये...।चिंताओं का दखल भोजन को बेस्वाद कर देता है।पर वह भी क्या करती।श्रीधर उसे इतना वक्त ही नही दे पाते थे ,कि वह किसी गंभीर विषय पर उनसे विस्तृत चर्चा कर सके।दिन भर के थके जिस्म को सुकून की नींद भी जरूरी है।इसलिए सोते समय वह उसकी शांति को भंग नही करना चाहती थी।तभी तो उसे यही समय उचित लगा बात करने के लिए।

श्रीधर ने भोजन बिना कुछ कहे ग्रहण किया।फिर हाथ धोकर वैशाली को पास बिठाया "कहो क्या बात है..आज कुछ ज्यादा ही अशांत दिख रही हो....बेटी तुम्हे अब बोझ लग रही है क्या....कर देंगे बिदाई उसकी...हमने कौन सा उसे घर बिठा कर रखना है...पर थोड़ा हमारी छाँव में उड़ लेने दो पराई अमानत को..."

"तुम भी न..कुछ समझते नही हो बस...!!अपनी कोख जाई मुझे बोझ लगेगी क्या...मैंने या तुमने उसकी आजादी पर लगाम लगाई है भला...वो तो...."

इतना कहते ही उसकी आँखे डबडबाने लगी....।शब्दों का जैसे गले में ही दम घुट गया हो...।उसकी चुप्पी और आँखों की नमी ने उसे भी चिंतित कर दिया।उसने उसे कंधा दबाते हुए अपने और करीब खींच लिया...और लगभग सीने से लगाते हुए उसकी ठोड़ी को ऊपर उठा कर उसी के पल्लू से उसकी आंखें पोंछते हुए बोला " वैशाली पहले तो तुम कभी इतना हताश नही होती थी ।आज ऐसी क्या बात हो गई...जो तुम्हे इतना विचलित कर रही है..मैं महसूस कर रहा हूँ कि तुम मुझे कुछ बताना भी चाह रही हो और बताने से हिचकिचा भी रही हो...खुल के बताओ ऐसी क्या बात है जिसने तुम्हारी मुस्कुराती आँखों में आँसू भर दिए..."

"वो आज....!सोनू...!!अच्छा चलो उसी के कमरे में... वही बताएगी आपको सिन्हा साहब की गंदी हरकत के बारे में..."

सिन्हा साहब के अनसुने कृत्य के पूर्वानुमान ने श्रीधर के पैरों को जैसे निष्प्राण ही कर दिया...फिर भी वह वैशाली के सहारे से जैसे-तैसे सोनू के कमरे में पहुँच ही गया....।

सोनू जो पहले से ही घुटनो में सर रख कर सुबके जा रही थी।वह सिर पर हाथ फेरते हुए सोनू के करीब बैठ गया ।आत्मीय स्पर्श पाकर उसने अपना सर पापा की गोद में रख दिया।

"आज ये कुछ नोट्स लेने श्वेता के घर गई थी।पर वह घर पर नही मिली।सिन्हा भाईसाहब थे घर पर...श्वेता का इंताजर करने के लिये कह कर इसे ड्राइंग रूम में बिठाया और भीतर चले गए।थोड़ी देर इंतजार के बाद वह बहकते कदमों से बाहर आये और सोनू से नजायज हरकत करने लगे।बताती तो थी पहले भी....कि श्वेता के पापा उसके सर पर हाथ फेरने के बहाने उसकी पीठ तक ले आते थे...जो इसे अच्छा नही लगता था ।पर संकोच वश न इसने कभी श्वेता को बताया और न ही मैंने आपको....।इसने तो वहाँ जाना ही बंद सा कर दिया था।आज बहुत जरूरी काम था इसे श्वेता से इसलिये यह गई थी उनके यहाँ...पर आज तो उन्होंने हद ही पार कर दी...।उनकी बहकी हालत देख ये वहां से बिदा होने को हुई ही थी कि, उन्होंने हाथ पकड़ कर इसे सीने से लगाकर इसका सीना.....!!"

"आज इससे बर्दाश्त नही हुई उनकी ये बेहूदा हरकत और इसने आवेश

में आकर उन्हें एक तमाचा जड़ दिया।वह इसके एक तमाचे से ही सोफे पर धराशायी हो गए और यह दौड़ते-हाँफते घर आ गई।"

"अब यह सोच कर खुद को कोस रही है कि,उसके तमाचे के जवाब में वह पापा के काम में अड़ंगे न लगा दें...आखिर बड़े अफसर जो ठहरे....।अब तुम ही समझाओ इसे..और खुद भी समझो ....।"

श्रीधर को सिन्हा पर क्रोध तो अवश्य आया पर वह उस पर नियंत्रण रखते हुए सोनू से बोला "देखो सोनू....तुमने उस वक्त जो किया ...बहुत सही किया...उनकी बदनीयती का तमाचे से बेहतर कोई जवाब नही हो सकता था।तुम मेरी चिंता छोड़ो और अपने कैरियर पर ध्यान दो।तुम्हारे जैसी सशक्तता सभी बेटियों में होनी चाहिए तभी वह आज के दौर में असमाजिक तत्वों से मुकाबला करते हुए अपने अस्तित्व की लड़ाई जीत पाएंगी....।"

"और तुम भी सुनो वैशाली... जब तक सोनू अपने पैरों पर खड़ी नही हो जाती ...इसकी शादी के विषय में सोचना भी मत....।सिन्हा जैसों के डर से हम अपनी बेटी के भविष्य के साथ समझौता नही कर सकते....समझ गई..."

और इतना कहते ही श्रीधर ने माँ बेटी को अपने सीने से लगा लिया....।

53

परिवार

प्रदीप ! जी हाँ उसने अपना यही नाम बताया था।वह युवक सम्भ्रांत परिवार का लग रहा था।बेरोजगारी की समस्या से शायद वह भी जूझ रहा था।इसीलिये तो शहर में चल रहे मेट्रो प्रोजेक्ट के कार्य में मजदूरी करने को बाध्य था वह।

ऐसा कई बार होता है ,जब भीड़ में कोई एक चेहरा , उसका व्यक्तित्व आपको अपनी ओर आकर्षित करता है।आपके भीतर उसे जानने की जिज्ञासा उतपन्न होती है।

इसी जिज्ञासा वश उस नवयुवक से मैंने उसका नाम पूछ लिया था।उसे तल्लीनता से अपना कार्य करते देख मेरे मन में उसके श्रम को नमन करने की इच्छा हुई।और मैंने ऐसा किया भी।

उससे वार्तालाप करते हुए मझे लगा कि,इसे किसी अच्छी जगह रोजगार दिलवाया जा सकता है।इसी के तहत मैं उससे और अधिक जानकारी लेने का प्रयास करने लगा।

"हां तो बेटा कहाँ के रहने वाले हो। पढ़ाई कहाँ तक की है ,परिवार कहाँ है तुम्हारा "वगैरह वगैरह

"जी अभी मेरी शादी नही हुई है,तो परिवार के विषय में क्या बताऊँ"

उत्तर सुन कर मुझे बहुत निराशा हुई।और उसे नमन करने का मनोभाव भी आहत हए बिना न रह सका।

मैंने उसे थोड़ा तल्ख लहजे में कहा"क्या शादी करने से ही परिवार बनता

है।परिवार में तुम्हारे लिये मां बाप कोई मायने नही रखते क्या?परिवार क्या सिर्फ शादीशुदा लोगों का ही होता है?"

वह निरुत्तर था।और थोड़ी देर पहले उसके प्रति मन में उपजी सहानुभूति उसकी स्वार्थक सोच के प्रहार से दम तोड़ चुकी थी।

54

सरप्राइज

उनके पैर हमेशा अपनी चादर में ही रहते थे।पँख थे,पर उड़ान वहीं तक भरते थे जहाँ तक आसानी से पहुंच सकते थे। आसमान की ऊंचाइयों पर उड़ते परिंदों से होड़ लेने या उनसे बराबरी करने का ख्याल भी उनके मन मे कभी न आता।

अपनी छोटी सी गृहस्थी की गाड़ी दोनों अपनी सूझबूझ और सामंजस्यता से भलीभांति चला ही रहे थे कि, देश में फैली वैश्विक महामारी ने अचानक पैरों में लॉक डाउन की बेड़ियां डाल दी।गृहस्थी की गाड़ी के पहिये यकायक थम गये।सरकारी आदेश और संक्रमण के भय ने घर से बाहर निकलने के रास्ते बंद कर दिए थे। साहब ने भी स्तिथि की गम्भीरता को देखते हुए उसे ड्यूटी पर आने के लिए मना कर दिया था।

आज शाम पड़ोस में रहने वाले सरजू ने तीसरी बार लॉक डाउन बढ़ने की खबर दी तो वह पहली बार इतना विचलित नजर आया। उदास नजरों से वह लछमी को अपलक देखने लगा।

"तुम किस सोच में डूब गए।साहब ने आगे की सोच कर तीन महीने की पगार और राशन एक साथ इसीलिये तो दिया था कि हमें कोई तकलीफ न हो।

"नही वो बात नही है लछमी कल मुझे आवश्यक काम से शहर जाना ही था।कल लॉक डाउन खुलने की अंतिम तारिख भी थी।सोचा था अपने

काम के साथ साथ साहब से भी भेंट कर लूंगा।"

रात्रि के दूसरे पहर में वह अचानक नींद से जाग गया।कल शहर न जा पाने की बेचैनी उसे सोने नही दे रही थी । भोर होने के बहुत पहले ही वह चल पड़ा साइकिल पर सवार हो शहर की ओर।वह सूरज निकलने के पहले ही लौट आना चाहता था।आज उसे लछमी को उपहार जो देना था। पिछले माह साहब से एडवांस लेकर उसने शहर के जौहरी को लछमी के लिए दो चूड़ियों का आर्डर दिया था।

उस दिन साहब जब राशन और पैसे देने घर आये थे तो चूड़ियां भी लेकर आये थे।कहने लगे लॉक डाउन की वजह से सारी दुकाने बंद रहेंगी।इसलिये जौहरी ने ये चूड़ियां मुझे लाकर तुम्हें देने के लिये कहा है।पर मैनें उस दिन यह कह कर उन्हें लेने से मना कर दिया था कि,"साहब इन्हें अभी अपने पास ही रखिये ।अगले महीने सालगिरह है तब लेकर पत्नी को सरप्राइज दूंगा।"उन्हें भी उसकी बात जँची थी।

साइकल बड़ी तेज रफ्तार से शहर की ओर बढ़ रही थी।वह सुबह होने के पूर्व ही लौट आना चाहता था।

मास्क लगाए मुकुंदा ने जैसे ही साहब के बंगले की ओर साईकल मोड़ी वह बंगले के सामने एम्बुलेंस देख ठिठक गया।

भीतर का दृश्य किसी को भी विचलित कर देने वाला था।

साहब के पड़ोसी वर्मा जी ने मुझे अंधेरे में भी पहचान लिया था।"मुकुंदा तुम्हारे साहब अब इस दुनिया मे नही रहे" ऐसा लगा मेरे पैरों तले जमीन ही नही है।

वह धाराप्रवाह कहे जा रहे थे।"पिछले एक महीने से ये रस्तोगी समाज सेवा में लगा था।निचली बस्तियों में जा जा कर अपने हाथों से पैसे और भोजन बांट कर पुण्य कमा रहा था।" ऐसी पुण्यात्मा को भला ईश्वर हम खुदग्रजों के बीच कैसे रहने देते।बुला लिया अपने पास।"

मुझे सूझ नही रहा था कि,मैं उन्हें ढाढस बधाऊं या मास्क निकाल कर फूट फूट कर रोऊँ।कहां वह लछमी के लिए सरप्राइज लेने की सोच करआया था ।यहां तो साहब ने उसे सरप्राइज देकर स्तब्ध कर दिया।

55

विस्मय

आँख खुलते ही मैं उठ कर बैठ गया।करवट बदल कर सो रही जीतो का कंधा हिलाया।"उठ जा जीतो पाँच बजने वाले हैं।चल जल्दी फ्रेश हो जा।समय पर वापस भी आना है।"
वह भी तत्काल उठ गई ।उठते ही उसने दोनों हथेलियाँ जोड़कर आँखों के सामने करते हुए अपने इष्ट के दर्शन किये और फिर आंखों पर फेरते हुए बोली"वो रात आंखों में दवाई डाली थी न..।इसलिये आज देर हो गई उठने में..पता नही आजकल पानी बहुत निकलता है आंखों से...।"मैं समझ गया फिर किसी ने इसकी दुखती रग पर हाथ रखा होगा और इसने बच्चों से बार-बार पूछे जाने वाला वही प्रश्न दोहरा दिया होगा।जिसे सुनकर बच्चे रूटीन वाला उत्तर दे कर मां को चुप करा देते हैं।
सच है मन की आंखों का असर उपरेली आंखों में आ ही जाता है।मैं उसकी हाजिर जवाब आंखों को पढ़ पाता इसके पूर्व ही उसने उन पर चश्मा चढ़ा लिया।
"मैं बस पांच मिनट में आई।आप पानी की बोतल रख लो मैं उनके लिये थोड़ा भोजन रख लेती हूँ।" "आ जाओ मैं बाहर खड़ा हूँ"।पांच मिनट के पूर्व ही उसने बाहर आकर दरवाजा बंद किया।आजकल चाबियों का झंझट नही रहता।ऑटोमेटिक लॉक ने इस झंझट से मुक्त कर दिया है।वैसे तो जीतो घर की चाबियों का गुच्छा बहुत पहले ही बहू को सौंप कर भारमुक्त हो चुकी थी।यह बात अलग है कि चाबियाँ सौंपने के बाद

भी घर के प्रति अपने दायित्वों से उसने कभी खुद को अलग नही किया था।ठीक भी है...ताउम्र स्वस्थ रहने के लिये हमारा खुद का व्यस्त रहना ,आखरी सांस तक काम मे जुटे रहना बहुत जरूरी है।

घर से मंजिल तक कि सैर में शायद ही हमने कभी आपस में बात की हो।चिंतन मनन का यही तो वक्त रहता है।लौटने के बाद तो हम अपने-अपने कामों में उलझ ही जाते थे।हमारी ओर से बच्चों को कोई शिकायत न हो ,इसके प्रति हम दोनों सदैव सतर्क रहते हैं।हाँ---आपस की खटमिठ्ठी नोक झोंक से इंकार नही किया जा सकता।ये छोटी मोटी वैचारिक भिन्नता तो पति-पत्नी का प्यार मापने का पैमाना होता है।

चलते-चलते मेरी सोच को विराम लगा।देखा बिल्कुल हमारे बगल में एक नवयुवक हमारे साथ चलने लगा है।जीतो उसे देख कर मुझसे लिपट ही गई ...जैसे दरख़्त से बेल। वह निश्चित ही डर गई थी।मैंने उस किशोर को गौर से देखा।

यह तो रोज तेज दौड़ता हुआ हमसे आगे निकल जाता है।और आज...।

"नमस्ते अंकल...नमस्ते आंटी"उसके अभिवादन का हमने भी मुस्करा कर जवाब दिया।पर जीतो अभी भी उसे संशकित नजरों से देख रही थी। उसका शंकित होना वाजिब था क्योंकि ,सुबह सवेरे तफरीह करने वालों के साथ होने वाले हादसों के समाचार वह रोजना अखबार में पढ़ती थी।मैं खुद भी उसके साथ चलने की मंशा जानना चाहता था।"क्यों बेटा आज थक गए क्या....जो दौड़ नही लगा रहे"

"नही अंकल वो बात नही है..

मैं रोज आपको साथ घूमते देखता हूं।आप दोनों की कैमस्ट्री मुझे बहुत प्रभावित करती है।क्या मैं आपके साथ एक सेल्फी ले सकता हूँ।"उसके प्रेमपूर्वक अनुरोध को स्वीकारते हुए हमने स्वकृति दे दी।"कर लो भई... तुम भी हमें कैमरे में कैद।बस कमरों की कैद से आजाद ही रखना हमें। साथ चलते हुए वह धीरे-धीरे खुलता जा रहा था।"अभी कुछ ही दिन हुए यहां ट्रांसफर हुए।पत्नी बच्चे माँ पापा गांव में ही रहते हैं।यहाँ अच्छी तरह सेट हो जाऊं फिर ले आऊंगा सबको।दो बच्चे हैं मेरे।"बिना पूछे ही वह सब बताए जा रहा था अपने बारे में------।"आपके कितने पोते पोतियाँ हैं अंकल...।"मैं कुछ बोल पाता इसके पूर्व ही

जीतो ने तपाक से उत्तर दिया...."

"मिलना चाहोगे हमारे पोते-पोतियों से" नवयुवक के मिलनसार स्वभाव ने जीतो के अनावश्यक भय को दूर कर दिया था।

"क्यों नही आँटी जरूर मिलुंगा... यहाँ परदेस में मेरा कोई अपना है भी तो नही...।"

"तो आ जाओ हमारे साथ।मिलवाती हूँ तुम्हें पोते पोतियों से...।"

सैर करते हुए हम अपनी निर्धारित मंजिल तक पहुंच गए थे।

"आओ बेटा वहाँ बैठते हैं पेड़ के नीचे लगी बेंच पर।" शहर में कुछ ही पेड़ ऐसे थे जो स्मार्ट सिटी की जद में आने से और सम्भ्रांत अधिकारियों की निगाहों से अब तक बचे हुए थे।वरना.....

वह यह सोच कर हमारे साथ ही बेंच पर बैठ गया, कि हम यहाँ कुछ देर की विश्रांति के बाद घर ले जाकर उसे अपने पोते पोतियों से मिलवाएंगे। जीतो ने वहाँ पहुंचते ही पेड़ की डाल पर टँगे सकोरे में साथ लाई पानी की बोतल उंडेली और बेंच पर बैठ कर पल्लू में बंधी चावल की एक मुट्ठी कनकी अपने सामने बिखेर दी।अनायास ही निस्तब्ध वातावरण में पक्षियों की गूंज तेज हो गई और पेड़ पर हमारी बाट ताकते परिंदे एक के बाद एक शोर मचाते हुए बिखरे दानों को चुगने आने लगे।दाना चुगते ,फिर सकोरे पर बैठ अपनी चोंच से पानी ग्रहण करते ।उनकी आवाजाही की ओर इशारा करते हुए जीतो युवक से बड़े उत्साह से बोली "ये देखो हमारे पोते-पोतियाँ ।मिलो इनसे ...बातें करो ...समझ सको तो समझो इनकी बोली...।"वह भाव विव्हलता में बोले जा रही थी और युवक विस्मय भरी नजरों से कभी पंछियों को और कभी जीतो को अपलक देखे जा रहा था।"परिन्दों का कलरव हमारी ऊर्जा को नित प्रति रिचार्ज करता है और यहीं से चार्ज हो कर हम भी अपने हिस्से के आसमान में अपनी थाह पाने में सफल हो पाते हैं।"मैं उससे सम्बोधित था।पर वह अभी भी पूर्ण विस्माद में अपलक देखता हुआ इस प्राकृतिक रिश्ते को आत्मसात करने का प्रयास कर रहा था।

56

दृष्टि दोष

"हाँ तो बताओ वैभव ...क्या फैसला लिया तुमने जीवनसाथी के बारे में....अपने मामा श्री की पसंद योग्य लगी कि नही तुम्हे अपने लिये....."
"अब मैं क्या बताऊँ पापा...आप सब बड़े जो निर्णय करेंगे मुझे मान्य होगा..." उसने नजरें चुराते हुए अपने संस्कारी होने का परिचय दिया।
"नही..!!नही!!वैभव बेटा....यह एक दिन की बात नही है,पूरी जिंदगी का प्रश्न है।आखिर जीवन भर साथ तो तुम्हें ही निभाना है उससे...।तुम्हारी हाँ होगी तभी रिश्ता पक्का करेंगे...।वैसे... क्या बात हुई दोनों के बीच अकेले में....."मामा जी ने चुटकी ली..
वह कुछ बोल पाता इसके पूर्व ही विक्रांत बोला "पापा मेरे मन में एक उधेड़बुन है....वो क्या है कि,ऋचा जॉब नही छोड़ना चाहती...ऐसे में वह मधु का हाथ कैसे बटा पाएगी...मधु को रसोई के साथ-साथ बच्चों का भी ध्यान रखना होता है..।मैं सोच रहा था...बहू के आने से मधु की जिम्मेदारियां कुछ तो कम हो जाती तो...."
" आप भी कहाँ की बात लेकर बैठ गए....।"मधु ने विक्रांत को बीच में ही तो दिया।"देवर जी आप निश्चिंत रहिए, मैं सब संभाल लूंगी।मैं तो उसे अपनी छोटी बहन सा स्नेह दूंगी।आप तो अपना मन बनाइये....ये तो बेफिजूल ही मेरी चिंता करते हैं...मेरा सौभाग्य है जो मुझे आप लोगों की सेवा का दायित्व निभाने का अवसर मिला है...।"
मामी की करीबी रिश्तेदारी में थी ऋचा...तो भला वह चुप कैसे

रहती..."देखो भई आप लोग वहाँ हामी भरो या इंकार करो...मुझे कोई फर्क नही पड़ता ....पर इतना जरूर कहूँगी कि, लड़की अच्छे घर से है...समझदार है...संस्कारी है..आप लोगों के सारे सवालों के जवाब उसने बड़े सलीके और आत्मविश्वास के साथ दिए।पूरे समय नजरें झुका कर बैठी रही बेचारी...।वो तो जीजाजी ने वैभव से उसे अलग ले जाकर बात करने को कहा तो वह उठ कर गई थी...वरना बड़ों के सामने मर्यादा का पूरा पालन किया है उसने...।और जॉब की बात करें तो आजकल अच्छी जॉब के लिये तो लोग एडी चोटी का जोर लगा देते हैं।फिर वह तो प्रोफेसर है....टेलेंट बहुत है उस लड़की में..कहे देती हूं...।आगे वैभव समझदार है...फैसले पर अंतिम मोहर तो उसे ही लगानी है....।"

अब बारी वैभव की थी।वह हाँ बोल कर इस रिश्ते को मंजूरी देने ही वाला था कि,पापा की ओर से कमेंट आ गया " इसमें कोई संदेह नही कि, लड़की सुंदर सुशील और संस्कारी है।पर आप सबने इस पर गौर नही किया, कि वह पूरे समय नजरें नीचे करके क्यों बैठे रही।मैंने गौर किया है...उसकी एक आँख छोटी है...।ये देखो उसकी जो फोटो हमें भेजी गई

थी ,सब की सब साइड पोज की हैं। उसकी वह आँख फोटो में भी दिखाई नही पड़ रही है..."उन्होंने ऋचा की फोटो सबको दिखाते हुए कहा..."क्यों वैभव क्या मैं गलत कह रहा हूँ...तुमने तो ध्यान दिया ही होगा उसकी आँखों पर... या उसकी खूबसूरती के आकर्षण ने तुम्हारी आँखों पर भी पर्दा डाल दिया था..."

"तुम भी श्रीकांत चाँद की चाँदनी की तारीफ करने की बजाय उसके दाग की ओर इशारा कर रहे हो।एक दाग से चाँद के गुण क्या कम हो जाते हैं...."

"हाँ पापा...मामा जी ठीक कह रहे हैं.. हमें उपरेली आंखों से नही मन की आँखों से किसी के व्यक्तिव को परखना चाहिए आपने भी तो हमें यही सिखलाया है। और फिर आप ही कहते हैं कि, जोड़ियाँ तो ऊपर वाला बनाता है ।यदि मैं इस दृष्टि दोष को लेकर इंकार कर दूं ...तो क्या ऋचा का ब्याह नही होगा।"

फिर उसने थोड़ा जोर देकर कहा"पापा इसे हमारा दृष्टि दोष ही कहा जायेगा, जो हम किसी के गुणों की अपेक्षा शारीरिक अवगुण को महत्व

दे कर अपना नजरिया बना लेते हैं।जबकि कुछ न कुछ कमियाँ तो हर व्यक्ति में रहती ही हैं ..."
वैभव का व्याख्यान लंबा चलता इसके पूर्व ही श्रीकांत ऋचा के घर फोन मिलाने में व्यस्त हो गए ।
और सुखद परिणाम के साथ पारिवारिक सभा बर्खास्त हो गई ....शादी की अगली तैयारियों तक के लिये....।

57

अपाहिज सिंदूर

वह अपने चेहरे का श्रंगार करने में मग्न थी।उसे पता ही नही चला कि कब धीमे धीमे दो बैसाखियाँ उसके करीब आकर रुक गई हैं।
उसने पत्नी के चेहरे का गौर से निरीक्षण किया।"तुम्हें कितनी बार कहा है यूं सूनी माँग लेकर बाहर मत निकला करो।मैं अपाहिज ही हुआ हूँ...अभी मरा तो नही।"और इतना कहते ही उसने अपनी कंपकपाती हथेली पत्नी के आगे कर दी।जिस पर रखी सिंदूर की छोटी सी डिबिया उन दोनों की लंबी जीवन यात्रा का व्रतांत बयान कर रही थी।
"मैंने तुम्हें हजार बार कहा है ,मेरा रास्ता न रोका करो"तल्ख लहजे में उसकी जुबान कैंची की तरह पति की भावनाओं के पर कतरने लगी।"मैं पढ़ी लिखी हूँ।अच्छी सर्विस है।पुराने रीति रिवाजों से जुड़े रहना मुझे कतई पसंद नही है।और फिर मैं माँग सजाऊँ या सूनी रखूं ,क्या फर्क पड़ता है।मैंने तुम्हें छोड़ तो नही दिया....अपाहिज हो फिर भी सारी सुख सुविधाएं दे रखी हैं तुम्हे.....।" अपने रौबीले अंदाज मे बड़बड़ाते हुए उसने दीवार बनी हथेली को एक झटके से परे कर दिया।
चौखट पर बिखरे सिंदूर को रौंदते हुए वह बाहर की ओर बढ़ी ही थी कि,उसे मैली कुचैली पैबंद लगी साड़ी पहने स्त्री डिबिया में फैला हुआ सिंदूर समेटते हुए दिखाई दी।वह उससे कुछ पूछती इसके पूर्व ही उस स्त्री ने चुटकी भर सिंदूर अपनी माँग में भराऔर सिंदूर की डिबिया वापस करते हुए बोली"बीबीजी कुछ खाने को मिलेगा।हम दोनों को बहुत भूख

लगी है।थोड़ा पानी भी पिला दीजिए "और उसकी दुआओं का अनवरत सिलसिला शुरू हो गया।

अचानक उसकी जड़ हुई चेतना लौटी तो देखा उस स्त्री के पीछे पटिये पर रेंगता हुआ पुरुष बैठा है।जिसकी डोर उसने कस कर थाम रखी है।भिखारिन होते हुए भी वह स्त्री धर्म का निर्वाह तो कर ही रही थी। उसे देख कर थोड़ी देर पहले चढ़ा उसका पारा नीचे उतरने लगा था।उसने हथेली पर रखी डिबिया से एक चुटकी सिंदूर अपनी माँग में सजा लिया।और उन दोनों के लिए भोजन लेने उल्टे पांव भीतर चली गई।

58

मौन व्रत

नवरात्र पर्व पर दुकान में ग्रहकों की गहमागहमी के बीच जैसे ही एक ग्राहक ने दुकान में प्रवेश किया, मैं मंत्रमुग्ध से उसके व्यक्तित्व का अवलोकन करने में मग्न हो गया। माथे पर लंबा सा तिलक और सफेद वस्त्र उसके भक्त होने की गवाही दे रहे थे।

"आइये सर क्या-क्या निकाल दूँ पूजन के लिये " वह मूक से मेरी ओर देखता रहा। फिर इशारे से उसने कागज़ कलम की माँग करते हुए उस पर कुछ लिख कर मेरी ओर बढ़ा दिया ।

लिखा था " मेरा मौन व्रत है । और मैं नवरात्र में नंगे पाँव माता की सेवा करता हूँ ।" और नीचे नीचे जरूरत की पूजन सामग्री लिखी थी।

मैं उसकी श्रद्धा का कायल हो गया।

मैंने उसका लिखा सारा सामान निकाला और सात सौ तीस रुपये का बिल उसे थमा दिया । उसने तत्काल उस बिल के पीछे कुछ लिख कर बिल मेरी ओर बढ़ा दिया।

लिखा था ' सार्वजनिक दुर्गा समिति के नाम से ग्यारह सौ रुपये का पक्का बिल बना दीजिये।

पढ़ कर मेरी आँखें फटी रह गई । कुछ समय पूर्व उस युवक के प्रति मन में उपजा आदर भाव ग्लानि में तब्दील हो गया । मैं सोचने पर विवश हो गया कि,यह कैसी भक्ति है जो भक्त को पूजन समारोह के छोटे से आयोजन में भी भ्रष्टाचार की अनुमति देती है।

59

मनहूस

नई नवेली दुल्हन ने अपना पहला कदम नए घर में रख्खा ही था कि बिल्ली रास्ता काट गई। और सास ने कर्कश आवाज में सभी से बहू का परिचय मनहूस कह कर करवाया।

सासू माँ के तीखे कड़वे शब्द आज भी उसके कानों में गूंज रहे थे ‘ आ गई मनहूस... देखो तो इसके गृह प्रवेश करते ही बिल्ली रास्ता काट गई। अब हमेशा ही इस घर में मनहूसियत छाई रहेगी..’ अचानक उसकी तन्द्रा टूटी..सासू माँ घर के बाहर खेल रहे मासूम पर बिफर रही थी। ‘क्यों रे तूने उस बिल्ली को पत्थर क्यों मारा...? मैंने उसे बचपन से पाल पोस कर बड़ा किया है। और तूने इस नन्हीं सी जान को पत्थर मार कर घायल कर दिया।’ इतना कहते ही एक जोरदार तमाचा उस बच्चे के गाल पर जड़ दिया।

उस मासूम की सिसकियों ने बहू को सोचने पर विवश कर दिया। वह सोचने लगी कि, जब इस घर ने खुद ही मनहूसियत को खुद ही पाल-पोस कर बड़ा किया है तो फिर उस दिन पाली पोसी बिल्ली के सामने से गुजरने पर वह सबके सामने मनहूस क्यों ठहराई गई।

60

दोहरा चरित्र

श्याम सुनीता को लेने पहली बार ससुराल पहुँचा था। अपनी आवभगत से बहुत प्रसन्न था। वैसे भी हमारे समाज में दामाद की पूछ कुछ ज्यादा ही होती है। फिर चाहे उसकी पूँछ टेढ़ी ही क्यों न हो..।

वापसी के दौरान वह सारे रास्ते सुनीता के माँ पापा के गुणों का गुणगान करता रहा। और सुनीता उसे विशिष्ट भाव से देखते हुए गर्व महसूस करती रही। वह पति के शिष्टता भरे आचरण से प्रभावित हुए बिना न रह सकी। अचानक गाड़ी के ब्रेक लगे और उसकी नींद खुल गई। देखा श्याम उसका कंधा थपथपा रहा था 'उठो सुनी घर आ गया है'

बाहर की शीत लहर ने दोनों को कँपकँपा दिया। तीन चार बार घण्टी बजाने पर दरवाजा खुला। माता जी आँख मलते हुए उनके स्वागत के लिए दरवाजे पर खड़ी थी।

पर यह क्या !! माँ को सामने देख श्याम तल्ख लहज़े में चिल्ला रहा था...." आप लोग नींद की गोली खा कर सोतेव्हन क्या ? कब से घण्टी बजा रहा हूँ मैं..."

आश्चर्य चकित भाव लिए माँ को इकटक अपनी ओर देखता देख उसका पारा और चढ़ा....."

" हम बाहर ठंड से कुड़कुडा रहे हैं , और आप दोनों चैन रजाइयों में दुबके सपने देख रहे हैं...अब मेरा मुहँ क्या ताक रही है ...जाओ अब मेरे लिये अदरक वाली कड़क चाय बना कर लाओ...बहुत ठंड है...।"

"और हाँ...!! पापा से कहना गाड़ी रिवर्स करके लगा दें और अखबार से सामने का शीशा भी साफ कर दें..। ऑफिस जाना है मुझे जल्दी... " माँ पापा पर नाहक ही आक्रोश व्यक्त करते हुए वह तेजी से भीतर चला गया...माँ को बिना चरणस्पर्श किये...। शायद उसे अपने अहंकार की रजाई में दुबकने की जल्दी थी।

भीतर दरवाजे की ओट में खड़े बुजुर्ग पिता की निस्तेज आँखों की कोर से कुछ बूंदें उनके अधरों तक आने के लिए व्याकुल हो रही थी।

सुनीता ने बाबूजी को कनखियों से देखा और सासु माँ के पैर छूते हुए किचन की ओर बढ़ गई श्याम के लिये अदरक वाली चाय बनाने...।

मायके से लौटते हुए श्याम के लिए गर्व से उठा हुआ उसका सर शर्म से झुक सा गया था।

61

उधार का पोता

" माँजी आइये न...हमारे पास भी बैठ जाया कीजिये..। घर आओ तो आप किचिन में ही लगी दिखाई देती हैं। चलिये आपको एक गुड़ न्यूज सुनाते हैं ।" रश्मि उन्हें उनकी इच्छा के विरुद्ध हॉल में ले आई....।
"सौरभ माँजी आ गई हैं..."
"अरे बहू मुझे खाना बनाने दे। तुम लोग बैठो मैं चाय लेकर आती हूँ..."
"वैसे आज क्या बात हो गई भई दोनों बड़ी जल्दी आ गए ऑफिस से । माँ से बतियाने का वक्त मिल गया दोनों को।"
माँ के चेहरे पर नाराजगी के भाव देख सौरभ बोल उठा...
"वो रश्मि का फोन आया था ...जी मचला रहा था उसका...एक दो उल्टियाँ भी हुई। सीधे डॉक्टर से चेकअप करवा कर घर ही आ गए। डॉक्टर ने उसे आराम करने के लिए कहा है। और फिर आपको एक खुशखबरी भी तो देनी थी..." सौरभ ने रूठी हुई माँ की गलबहियाँ लेते हुए उन्हें मनाना जारी रखा।
माँजी उसके बालो में उंगलियाँ फेरते फेरते बहुत जोर से खिलखिला उठी...और छत की ओर देखते हुए बोली " हे प्रभु तूने दस साल बाद मेरी फरियाद सुन ली...."
"कौनसी फरियाद सुन ली आपके ईश्वर ने... जरा हमें भी तो पता चले..." अब सौरभ उन्हें सोफे पर बिठा कर उनकी गोद में सर रख चुका था ।
"दस साल से इसी दिन का तो इंतजार कर रही थी मैं। चल अब जल्दी से

सुना दो अपने मुँह से खुशखबरी...। फिर मुझे मंदिर भी जाना है मन्नत उतारने..."

" मैं तो पूरे दस किलो का प्रसाद चढ़ाऊंगी मंदिर में...गरीबों को दान पुण्य भोजन कराऊँगी...चल बता भी दे क्या कहा डॉक्टर ने...कितने महीने चढ़ गए हैं बहू को..."

माँ को इतना खुश देखकर सौरभ खुश होने के बजाय चिंतित सा हो गया ।

"अरे माँ जी ...ऐसी वैसी कोई बात नही है...जैसा आप समझ रही हैं..." रश्मि ने स्थिति स्पष्ट करते हुए माँजी के उमंग उत्साह भरे चेहरे को फिर उदास कर दिया। " वो सुबह स्कूटी से जाते हुए ठंड लग गई थी। उसीसे तबियत ढीली पड़ गई थी।"

"माँ जी वो रंजन है न सौरभ का जिगरी दोस्त...उसके बेटे को घर छोड़ने आये थे । अब रहेगा ये आपके पास। रंजन पत्नी सहित विदेश गया है तीन साल के लिए...छुटकू का वीज़ा एन वक्त पर किसी कारण से कैंसल हो गया। उनहें परसों ही ज्वाइन करना था। जॉब की शर्तों के अनुसार दोनों तीन साल बाद ही वापस आ पाएंगे अपने देश। अब छुटकू तीन साल तक आपके पास ही रहेगा। आपका दिल भी लगा रहेगा और हम भी आपको औलाद न दे पाने के रोज-रोज के तानों से मुक्त हो जाएंगे... "

" हाँ माँ अब जब तक रंजन वापस नही आता छुटकू को ही अपना पोता समझिए..."

इतना कहते ही सौरभ ने एक साल के छुटकू को भीतर से लाकर माँ की गोद में डाल दिया। और माँजी भरी आँखों से उधार के पोते को सोफे पर लिटा कर किचिन के अधूरे पड़े कामों को निपटाने में व्यस्त हो गई ।

परिचय

चरनजीत सिंह कुकरेजा

नाम-चरनजीत सिंह कुकरेजा
पिताजी-स.गुरुबचन सिंह कुकरेजा
माताजी-हरबंस कौर कुकरेजा
जन्मतिथि-21/3/1953
जन्मस्थान-अमृतसर(पंजाब)
शिक्षा-10 वीं तक

प्रारंभिक शिक्षा इटारसी में
फिर नागपुर में
सम्प्रति--व्यवसाय,फिलहाल रिटायर्ड -किन्तु टायर्ड नही...
कर्मभूमि-नागपुर और छिंदवाड़ा होते हुए भोपाल तक
भाषा ज्ञान-गुरमुखी(पंजाबी),हिंदी और मराठी के साथ कामचलाऊ अंग्रेजी..
शौक-साहित्य सृजन,चित्रकारी,अभिनय और पठन-पाठन और समाज सेवा
साहित्य विधा-गीत,कविता,दोहे,निबंध,कहानी और लघुकथा
लेखन 1978 से निरन्तर
उपलब्धियां----
नागपुर में मराठी रंगमंच पर अभिनय का अवसर
नागपुर और छिंदवाड़ा आकाशवाणी से रचनाओं का समय-समय पर प्रसारण

प्रकाशन--

नवभारत, लोकमत समाचार,युगधर्म ,दैनिक भास्कर,जागरण ,पत्रिका और युवा प्रवर्तक , लोकोत्तर के साथ लघु पत्र-पत्रिकाओं में रचनाओं के प्रकाशन का सिलसिला यथावत जारी है।

लघुकथा तस्सली पर श्री अशोक बुलानी जी के निर्देशन में शहीद भवन के रंगमंच पर नाट्य मंचन

प्रकाशन ...

शीतल जल के छींटे...लघुकथा संग्रह

सूर्य गमन-....काव्य संग्रह

समाज सेवा/ 8 वर्षों से निरन्तर एम्स हॉस्पिटल के मरीजों/ परिजनों के लिए लंगर सेवा?

सम्मान----

यूनिटी क्लब परासिया(छिंदवाड़ा) यूनिटी एवार्ड
प्रभात साहित्य परिषद भोपाल द्वारा- सरस्वती प्रभा सम्मान
सत्य की मशाल द्वारा- समाजसेवा और साहित्य के क्षेत्र में शिखर सम्मान

प्रभात साहित्य परिषद द्वारा- ज्ञान भारती सम्मान
दुष्यंत पांडुलिपि संग्राहलय द्वारा,विठ्ठल भाई पटेल सम्मान
निर्दलीय ग्रुप भोपाल द्वारा समाजसेवा सम्मान
अखिल भारतीय साहित्य परिषद, भोपाल द्वारा-- संत श्री परशुराम दास जी विशिष्ट सेवा सम्मान
राष्ट्रीय सेवा योजना,क्षेत्रीय शिक्षा संस्थान भोपाल द्वारा विशेष शिविर में प्राप्त स्मृति चिन्ह

पता--39/गोल्डन सिटी प्राइमा,जाटखेड़ी,होशंगाबाद रोड, भोपाल, पिन कोड 462026

मोबाइल नम्बर...9522002738

चरनजीत सिंह कुकरेजा

शुभकामनाएं

मो. एजाज अंसारी

मानव स्वभाव के मनोवैज्ञानिक पहलू को बड़ी बारीकी से उजागर करने वाली दिलचस्प लघु कथा संग्रह है-" शीतल जल के छींटे "। छोटी-छोटी पारिवारिक घटनाओं और जीवंत संवादो के द्वारा आपकी लघु कथाएं भीतर तक झकझोर जाती हैं । सभी रचनाएं कोई न कोई संदेश देती है । लघुकथा संग्रह के प्रकाशन पर आपको बहुत-बहुत बधाइयां एवं शुभकामनाएं ।

मो. एजाज अंसारी
P.O.---Damua
Dist.--Chhindwara, M.P.

बधाई

सुशील कुमार सराठे सलिल

श्रृद्धेय कुकरेजा जी के लेखन से मैं पिछले तीन दशकों से प्रभावित हूं। रिश्तों के रिसाव को इन्होंने जिस खूबी से उकेरा है ,वह इनकी लेखनी की पराकाष्ठा है। अध्यात्म में भी आपकी कलम मुखर हुई है। इन्होंने जो लिखा है वह जिया भी है। उभरती प्रतिभा को निखारने का और उन्हें अवसर देने का जो कार्य इन्होंने किया है उसका सबसे बड़ा उदाहरण स्वयं मैं हूं।अनेक अवसरों में उन्होंने मुझे मंच उपलब्ध कराया है। सन् 2000 में आकाशवाणी छिन्दवाड़ा की टीम इनका ही इन्टरव्यू लेने आईं थी किन्तु इन्होंने अपनी जगह मेरा इन्टरव्यू रिकॉर्ड करवाया था । इतना साहस शायद मैं भी न कर पाता।

इनकी लेखनी में जो बल तीस साल पहले था वह निखरकर और प्रौढ़ हुआ

है मैं इनके उज्जवल भविष्य की बहुत बहुत शुभकामनाएं प्रेषित करता हूं।

सुशील कुमार सराठे सलिल
दमुआ-छिन्दवाडा

बधाई

डा. रेखा द्विवेदी

लघु कथाओं का यह संग्रह"शीतल जल की छीटें" दिल को छूने वाला है।इसकी समस्त कहानियाँ रोज़मर्रा की जिन्दगी में घटने वाली घटनाओं पर प्रकाश डालती हैं।कहानियों के अंत में लेखक ने जो ट्विस्ट दिए हैं वह बकाबिले तारीफ है। एक बार इस पुस्तक को हाथ में लेने के बाद खत्म किए बिना रखने का दिल नहीं करता है।ये कहानियां समाज का आइना हैं। इन्हें प्रकाशित करने के लिए लेखक"चरनजीत सिंह कुकरेजा " एवं डा. रंजीता बसरा को प्रकाशन के लिए बहुत-बहुत बधाई।

डा. रेखा द्विवेदी

बधाई

लेखिका , कवियत्री, शिक्षिका
rekhadwivedi@hotmail.com

* 9 7 9 8 8 8 5 4 6 4 5 1 2 *

FCW - #0066 - 061026 - C0 - 203/127/11 - PB - 9798885464512 - Gloss Lamination